# 辺境的

## 武蔵野詩遊行


Shozu Ben

正津勉



作品社

# まえがき

むさしの【武蔵野】①関東平野の一部。埼玉県川越以南、東京都府中までの間に拡がる地域。広義には武蔵野国全部。（『広辞苑』）

へんきょう【辺境・辺疆】中央から遠く離れた国ざかい。また、その地。辺界。（同前）

武蔵野を論ずるのに、ここにみる字義からしても、辺境的と題するとは？　のっけからいささか奇異におぼえることとでしょう。

たしかにこの地は「中央から遠く離れ」てなどいない。それどころかもっとも中央に近い「国ざかい」であることはあきらか。現に、武蔵野は、二十三区ではなくも、東京都下なのである。

しかしどういいますか。当方には、武蔵野を捉えるにあたって、なぜかもっとも正しくあって、ふさわしく感じられうるのは、辺境的の地なりとしてみる。そういうことなのです。

武蔵野市。当方、この町に住んで半世紀に余る多くの日を数えます。だけどここがいったいどういうところか、だいたいそもそも武蔵野とはいかなる固有地域特性をさすのか曖昧境といったらいいか、よくわからないままできたのです。

武蔵野？　ひとついって、ここがいかようなエリアなのであるのか、さきの『広辞苑』の武蔵野市の項目説明はというと「中央線沿線の衛星都市」と味気無いこと、いやはやどうにもイメージしえないのったら、わからんまま。

どういったらいいものなのか。当方、福井のド田舎生まれ。大学は京都。それでもって東京に出てきてからは新宿やそこやらの酒場で酔っぱらうばかり。というのでしょうがないのかも。だけどもそのうち少しずつですが、だんだんと頭に極私的武蔵野像が浮かんでくる、そんなような気になっているのでした。

それはちょっとした着想がきっかけなのです。いまここであっさりと一言でいうとこうなりますか。武蔵野、首都に隣接するエアーポケットめく台地と丘陵。いったいは東京の田舎であります。ついてはその地政学上からみるなら、それだけになお北海道の奥地どころかほかの僻村、離島のどこよりも際立ち辺境的よろしくあると、そのようにも曲解論拠としたのです。

武蔵野。あえていうならば首都のすぐ傍にある辺境でこそあるとしよう。するとおかしいことにふしぎな拡がりと深さをもって隠されたその姿をふと目にみせてくれるようなのです。しかしそこらをいかに解るように論じたらいいものでしょう。

いやこれが難しいのったら。なんとも易しくない。としばらくこんな考えが浮かんでいるのでした。そんなにまで悩むことがない。そこには詩があると。

当方、じつはそのさき『武蔵野詩抄　国木田独歩から忌野清志郎まで』(二〇二三)なるアンソロジーを編・解説しております。このときにふれた原初の詩の持つ力のようなものが、本稿を目指す、というあらたな取り組みを促す契機となっていました。

「山林に自由存す」から「多摩蘭坂」まで、四十余篇。どれもほんと読みでのある作ばかりでした。それでそのあとがき代わりに「詩の湧く野、武蔵野」と題して以下のような拙い覚えを添えることにしました。

武蔵野は、関東の西方、はるかに広がる、山を控え、川を流す、その名のとおり野であった。人々は古来、丘に鍬を入れ、また、林で炭を焼いた。そしてその野をへめぐり遊んだものだ。山は、奥武蔵、秩父、高尾……。特段に用意も要らない、気楽な半日の行である。頂からは、きまって多摩川がはるか、臨まれる。順に、山麓、丘陵、流域、宅地……。

それらしき東京スカイツリー。あちこちに人が群れ多く住まっている。そこらいったい寄る辺ないような鬱情や放心がたゆたい流れ漂っているようす。

あるいはきっと、どこかで詩が零れている、らしくあるでは。

武蔵野。首都のすぐ傍にある辺境。ひるがえってこの地にはここでしか生まれえないような詩があるといえます。くわえるにまた文もそうでしょう。いまからそれらを各章にわたって読みつぐことで、なにゆえにこの境域をしてそんな辺境とまでいうのか、そのあたりの由縁をこれから辿ってゆくつもりです。

武蔵野は欅《けやき》の太いのがある。この木の芽出しはうす赤くて女性的だが、まだ芽をふかない裸のとき、きさらぎの風に誘われると、凄まじい叫び声をあげる。ひゅうっと鋭く叫ぶ。聴いていると、風より木より声より、虚空といったものを感じさせられる。背中からぞくぞく寒い夜などは情趣があっていい声だ。

（幸田文「木の声」／『雀の手帖』）

# 目次

# 辺境的　武蔵野詩遊行

ひらたい今日の
アスファルト
ひと蹴りすれば
泥田かな。

安水稔和「泥田かな」(『やってくる者』)

【凡例】

＊引用した詩・俳句、随筆等は、基本的に旧字体を新字体に改め、仮名遣いは引用テキストに従った。

＊引用中の著者の註記は〔　〕にて示した。

＊各引用文献の出典は巻末に付した。

## 序章　歩　国木田独歩「山林に自由存す」

武蔵野。これからしばらくこの野を歩くことにしよう。いったいぜんたいどのようなルートをいかようにして。はたしてどこやらに辿り着くことになるのか。もとよりこれとよろしきガイドらしきとてないとくる。

徒手空拳。よろしいままだが武蔵野のテキストといえばこれ。誰しもが挙げよう。きまりもおきまりこの定番作にトドメをさそう。

国木田独歩「武蔵野」(「国民之友」一八九八・一、二)。じつはこの作の発表時の題は「今の武蔵野」だそうだが。なるほどそこに込める、これをもって旧来の名所図絵にみられるような武蔵野観を一新しようという、その心がよくつたわる。

それがどれほど画期的なものなのか。ほんとどれほど素晴らしかったか。

武蔵野に散歩する人は、道に迷ふことを苦にしてはならない。どの路でも足の向く方へゆけば必ず其処《そこ》に見るべく、聞くべく、感ずべき獲物がある。武蔵野の美はたゞ其縦横に通ずる数千条の路を当《あて》もなく歩くことに由《よつ》て始めて獲《え》られる。春、夏、秋、冬、朝、昼、夕、夜、月にも、雪にも、風にも、霧にも、霜にも、雨にも、時雨《しぐれ》にも、たゞこの路をぶら〳〵歩て思いつき次第に右し左すれば随処《ずいしょ》に吾等を満足さするものがある。

このあたりを、簡にして要をえる、というのか。清新な詩精神をもって柔らかく細やかな口語体で描写される武蔵野の情景、いまなおこの快く美しい随筆か短篇かは広く読まれている。もちろん当方も愛読してきた。しかし本稿においては、これからあちこちで引用・言及するつもりであるが、いまこれを採用しない。

ありきたりすぎるというのではない。ひねくれものの当方の天邪鬼な気分によるのでもない。もっとよろしいのがあるからである。

本稿の性格によりふさわしい。そのように感受させられる。一篇を俎上にのせることにする。

「山林に自由存す」（『抒情詩』一八九七）

†

国木田独歩（明治四／一八七一～明治四十一／一九〇八）、下総国銚子（現・千葉県銚子市）生まれ。本名、哲夫。父の仕事（裁判所書記）の関係で、少時は、山口、萩、広島、岩国などに住んだ。明治二十一（一八八八）年、東京専門学校（現・早稲田大学）英語普通科に入学（二十四年、同盟休校に加わり退学）。二十七年、徳冨蘇峰の「国民新聞」に入社、日清戦争の従軍記者として活躍。その後、抒情詩人、浪漫主義的作家として出発、自然主義文学の先駆となる。著作『源叔父』『武蔵野』『牛肉と馬鈴薯』『空知川の岸辺』『運命論者』など。

というぐらいで略歴はさてとして。ここでちょっと重要なことなので付言しておきたい。独歩は、まず銚子生まれで地方育ちだが。どうしてか、こののち本書に登場を願うかたに遠方の御仁が多くのぼる、ようなのだ。

はじめに地方衆ではあるが、正岡子規、若山牧水、中西悟堂、高群逸枝、石川啄木、西脇順三郎、茨木のり子、野田宇太郎、蔵原伸二郎。いっぽう近在者はというと、北村透谷、吉増剛造、金子兜太、大谷藤子、中里介山。

これをみるにつけ武蔵野あたりいったいは、どちらかというと地方の出の者にとっては都心などよりは気楽に住み易かったのだろう。そしてまた都に住んだ者にとっても、それぞれが後にしてきた郷里をしのばせ懐かしがるに、ふさわしくあるような旧い景が誘うごとくひろがっていた。

そのような地の縁《えにし》のごときもの。くわえて独歩の「武蔵野」の新世代への影響があった。などなどあいまってこの地を材にする詩人、文人ほかを多く育んだといえるのでないか。

というところでいま少し足を止めることにして。本書の副題は「武蔵野詩遊行」。であればここからこの地と詩の関わりをみてゆこう。

†

日本の開国。それはまた文化全般の門戸開放でもあった。ついてはその流れで詩の世界にも新しい大波が打ち寄せるのである。それまでは詩といえば、漢詩、それしか通じなかった。つづめていうなら、漢詩というと、庶民一般のではなく武士をはじめ知識階級、専有なるもの、でありつづけたのだ。それがだが足もとから変わることに。

明治十五（一八八二）年、『新体詩抄』刊行。外山正一（、山《ちゅざん》仙士）・矢田部良吉（尚今《しょうこん》居士）・井上

哲次郎（巽軒居士《そんけん》）による新体詩集。これをもって初めて漢詩に代わる西洋の詩が紹介されることに。訳詩十四篇、創作詩五篇を収める。版元「丸屋善七」（現・丸善）。爾後、森鷗外・北村透谷・島崎藤村・土井晩翠・蒲原有明・薄田泣菫、などなどの俊英らの登場によって新しい日本の詩はさらに進展と深化をみせる。

『新体詩抄』、そのときから十五年後のことになる。明治三十（一八九七）年、島崎藤村『若菜集』刊行。その序に「遂に、新しき詩歌の時は来たりぬ」と高らかに謳った。たしかにこの一巻は詩の新時代の到来を知らしめた。

それと雁行して同年のこと。新風を吹きこみ評判を呼んだのが、宮崎湖処子《こしょし》・太田玉茗《ぎょくめい》・田山花袋・松岡國男（のちの柳田國男）・独歩らの詞華集・合著『抒情詩』である。独歩は、なかでも「独歩吟」なる連作形式のもとに、独自の調べの境地を拓いた。

ところで独歩は「独歩吟」の序において、『新体詩抄』について以下のように回想している。「日本に珍らしき清爽高潔なる情想を以つてして幾多の少年に吹き込みたり」と。まさにそのように愛唱されることになった、「山林に自由存す」、それこそがこの一篇といっていいだろう。それではこれから読み解いていくことにする。

いやそのまえに一言いっておきたい。じつはこの『抒情詩』上梓の一年前、明治二十九（一八九六）年九月、独歩は、東京府豊多摩郡渋谷村上渋谷（現・渋谷区宇田川町七―一。NHKビル近傍）に居を構え、作家活動に精進する。そこがどのような環境ではあったものか。

なんともなんとこのとき上渋谷村はというとどうだ。もう鬱蒼と雑木林が繁茂する。そっくりそのまま武蔵野であったのである。同二十九年十一月末、詩人仲間の田山花袋は、太田玉茗とともに、独歩の家を訪ねる。そこがほんとうにどんなに樹々ゆたかで田舎っぽいところだったか。つまるところまったく武蔵野そのものであったこと。章末に添える挿話を見られよ（参考①）。

†

山林に自由存す
われ此句を吟じて血のわくを覚ゆ
嗚呼《ああ》山林に自由存す
いかなればわれ山林をみすてし

あくがれて虚栄の途にのぼりしより
十年《ととせ》の月日塵のうちに過ぎぬ
ふりさけ見れば自由の里は
すでに雲山千里の外にある心地す

皆《まなじり》を決して天外を望めば
をちかたの高峰の雪の朝日影
嗚呼山林に自由存す
われ此句を吟じて血のわくを覚ゆ

なつかしきわが故郷《ふるさと》は何処《いづこ》ぞや
彼処《かしこ》にわれは山林の児なりき
顧みれば千里江山《かうざん》
自由の郷《さと》は雲底に没せんとす

（「山林に自由存す」）

†

ここであらかじめ断っておくことにする。それはそうである、詩にはわからないところがある、わからないところはわからないままに、胸にとどめておいていただければいい、ということである。むろんこれはつづく章においてもおなじ。

それではこれから本題に入ることにする、いやそのまえにいま一つ付言しておくとしよう。そもそもなぜまたこの一篇を俎上にのせんとするのか。それはさきにいったように、まずもって本書の表題「辺境的」の性格にいっとう、ふさわしくあるということ。くわえていうとしたら、また副題の「武蔵野詩遊行」の論旨にも、かなうとみるからである。ついては以下の二点、こちらが以前より実践しつづける、我流の持論でもある。

一つ、山からの目をもつ。山とは地を隔てる境。山ひとつ越えたならば、そこはもう異郷であるなら、山からの目をもつこと。そうすれば見える限りの境界域へと思いを馳せうるよし。

一つ、山の頂に立つ。そうではないか、まずは広い野を捉えるには山の頂に立つこと、それがいちばん。なんとなれば、山が、川を流して、かくしてこの、野を拡げた、だからである。その野に人が暮らす。

するとどんなものだろう。つまり山から、いわゆるあの仁徳天皇の「民のかまど」伝承ではないが、人の暮らしぶり、煙の立ちようが、それと窺える。いいことではないかそれは。ついでながら山を主にして武蔵野におよぶ論の少なさったら。くらべていえば川（多く多摩川に沿い）からのそれは幾らかあるのだが。それもなにも、なんと考えられないことに武蔵野歩きもしない武蔵野論があんまりにも目につき、すぎるしだい……。

などとはまあおいて、「雲山千里」、「千里江山」、とまでもおよぶとは。いやここらは明治の学校国語の白髪三千丈のそれこそ漢詩由来の誇張表現を教材とするところ。おぼえずの旧弊のそれであって、いうたらご愛敬のようなものか。

†

さて、いよいよ「山林に自由存す」ではある。まずもってこの揚言を題名とするとはどうだ。ほんとうになんともストレート、いや「清爽高潔」なる、アジテーションではないだろうか。独歩、じつはこの志向については、そのさきの日記『欺かざるの記』当初においで、はっきりと明言している。

政務紛々何かあらん。されど吾山林の自由を想ふ時に於て吾が血は昂る。　（明治二十七・十・六）

「政務」、否なり、それよりなにより、断じて、「山林」。そこには青年時にワーズワースなどに親しみ、自然、田園への憧れを強くした影響がみられる。「われ此句を吟じて血のわくを覚ゆ」。ことはひとり独歩のみではない。自由を謳歌せんとする若い誰もがみなこの一行に胸熱くするだろう。さしずめその第一号が有名なあの草鞋の「履上手」となろうか（参照・第三章）。

それはさておいて、ここにいう「山林」とはいずこ、どこなのであろう。こちらはこのような意見があるのを存知ないわけではない。

「むろん、ここに詠まれた山林は武蔵野の雑木林ではない。北海道の開拓地で見た原生林である」（赤坂憲雄『武蔵野を読む』）

というところでこの宣言についてではあるが。じつはこのような背景があったのである。独歩は、このさき恋人佐々城信子との結婚をめぐって悩み、北海道を放浪し二人の新生の地を歌志内《うたしない》の近く空《そら》知《ち》川の畔にもとめた（参照・『空知川の岸辺』）。仔細はおくが移住は諸般の事情のために中止。というよりも夢は破れ余儀なく挫折の憂き目にあったのだが。あるいはこのときの原野の光景がこの一行に結実をみたとの見方に由来するのであろう。『空知川の岸辺』の終行は以下のようである。

「余は今も尚ほ空知川の沿岸を思ふと、あの冷厳な自然が、余を引きつけるやうに感ずるのである。／何故だらう」

しかしながらそう、当方は赤坂氏のようには確信的な見方は、しないほうである。どうしてなのか、それは以下のような記述による、よくみられたし。

†

北海道の山林に自由を求めたる此の吾、今如何。
ひたすら自然の懐に焦れたる此の吾、今如何。
〔略〕

あゝ、山林自由の生活、高き感情、質素の生活、自由の家。あゝこれ実にわが夢想なりしものを。
〔略〕
嗚呼、元越山よ。阿蘇の峰よ。蓄匠の流よ。高叫山よ。周防洋よ。空知太の森林よ。那須の原よ。千房の峰よ。岩城山よ。箕山よ。琴石山よ。凡ての是等のなつかしき自然よ。願くは吾を今一度、自由の児、自然の児とならしめよ。

（『欺かざるの記』明治三十・一・二十二）

とここで列挙されつづける、どこもがそのさき独歩が踏んだ因縁の地であればつづいて、すぐつぎに武蔵野が「是等のなつかしき自然よ」と指呼されるのが、ごくごく自然だろうからだ。こういうことだ、ほかでもなく上渋谷の西方はというと、もうそこから秩父の尾根筋までもずっと、いったいが緑濃い武蔵野でこそあった、だからである。むろんそれはしょっちゅう、おぼえなくも北海道の原生林とダブり武蔵野の雑木林がかさなって、みえたりしたろうが……。

山林自由宣言。それからやがて茫々百三十年にもならんという。ひるがえれば明治、大正、昭和、平成、四代にわたること。ほんと「幾多の少年」たちが、このフレーズをひとしきり、小声で唇に、山林を歩き、いやワンダフルになったか。

当方もその一人。昔もむかし、ガキのわれもまたこの名調子にいかれたくちで、「をちかたの高峰の雪の朝日影／嗚呼山林に自由存す」、などとひとりごち武蔵野ならず故郷奥越は白山山麓めぐりの山林歩きにいそしんでいた、若かったのだ。それにつけても思うに、「いかなればわれ山林をみすてし」、とは苦いかぎりなり……。

俗塵虚栄の都を捨てて、山林自由の郷へ入らん。都心へ、でない。山林へ、なのだ。ところでいま一度あらたまって、ゆっくりと「独歩吟」を朗誦してみると、ほんわかとして心蕩《とろ》けるようだ。それはいささか古色にすぎようが、まあしぃんと心底にくるのである。そういうのでうちの四行詩を三篇ばかり章末に引用しておくことにする（参考②）。

みなさんいかに感受されますものやら。というところで、ここでいま一つ詩をみることに、こんなぐあいのだ。これまたいささか時代がかりすぎだか。

†

心、みやこをのがれ出で、
夕日ざわつく林の中を
語る友なく独りでゆきぬ。
夏たけ秋は来《きた》りぬと
梢に蟬が歌ひける。
林を出でて右に折れ、
小高き丘に、登り来れば、
見渡す限り、目をはるかなる、
武蔵《むさし》の野辺《のべ》に秩父山《ちちぶさん》、
雲のむす間に峯の影、
吾を来れと招きける、
吾を来れと招きける。

（「無題」／「国民新聞」明治二十八・八・三十一）

†

さて、これをいかに読んだらいいか。煩瑣の都心を背にして、なぜだか「夕日」の林中を「独り」行くという、青年の悶々たる胸のうち。もはや「夏」は過ぎて、「秋」の気配は濃く、「梢に蟬が歌ひける」、いと淋しき候なると。

ここらをみるにつけ、独歩にとって、どうやら秋から冬への武蔵野の枯れた景がことに、特別なしく、あるのではないか。このことの繫がりで「武蔵野」の描写を辿ってゆくと、つぎのような箇所にでくわす。

楢の類だから黄葉する。黄葉するから落葉する。時雨《しぐれ》が私語《ささや》く。凩《こがらし》が叫ぶ。一陣の風小高い丘を襲へば、幾千万の木の葉高く大空に舞ふて、小鳥の群かの如く遠く飛び去る。木の葉落ち尽せば、数十里の方域に亘《わた》る林が一時に裸体《はだか》になつて、蒼《あを》ずんだ冬の空が高く此上に垂れ、武蔵野一面が一種の沈静に入る。空気が一段澄みわたる。遠い物音が鮮かに聞へる。〔略〕秋ならば林のうちより起る音、冬ならば林の彼方遠く響く音。

鳥の羽音、囀《さへず》る声。風のそよぐ、鳴る、うそぶく、叫ぶ声。叢《くさむら》の蔭、林の奥にすだく虫の音。

鳥の声に耳をそばだてて。そうしてひとりどれほど林の中を歩き回ったはてであろうか。落ち葉を踏みしだきして。

つづいて、「小高き丘に、登り来れば」、とあるが。おなじように「武蔵野」でもいっている。「とかく武蔵野を散歩するのは高い処高い処と撰びたくなるのはなんとかして広い眺望を求むるからで」と。それこそ誰もが求めよう、「見渡す限り、目をはるかなる」、という想いの現れなること。ここらもまたおなじに「武蔵野」にみえるところである。

　武蔵野の様な広い平原の林が限《くま》なく染まつて、日の西に傾くと共に一面の火花を放つといふも特異の美観ではあるまいか。若《も》し高きに登りて一目に此大観を占めることが出来るなら此上もないこと、〔後略〕。

独歩は、誘う。そのような「大観」というべき、そこへつらくも歩を運んで「秩父山」その頂を踏むならそれこそ、のぞみうる一幅よろしいと。独歩は、招く。

ところでここにいう「秩父山」についてであるが。みるところ独歩には、これというような登山の経験らしきがあるのかと、どの年譜にもなさそう。そこからこれは、いうならば「武蔵の野辺」を広大な前庭にするように背後に稜線なす突兀《とっこつ》たる峰々の総称ととらえる、そのほうがいいか。

「高きに登りて」、そうしてぐるり首をめぐらせば、高尾山を前衛にして、多摩、奥武蔵、秩父とその尾根筋の山々がつぎつぎつづき飛びこんでくる。そしてそれらの背後に大菩薩嶺（二〇五七メートル）の秀峰がましますと。

一つ、山からの目をもつ。一つ、山の頂に立つ。ついてはここにいたって第四章「中西悟堂」の詩「上長房《かみながぶさ》部落」に指呼される山名をみることにする。浅川の上長房から歩き、小仏の関址、小仏へと出て、丹沢（最高峰蛭ヶ岳一六七三メートル）、景信山《かげのぶやま》（七二七メートル）、陣馬山《じんばさん》（八五五メートル）、大岳山《おおだけさん》（一二六七メートル）、大菩薩を望む……。

これだけの山が列し、その谷間ごと、それぞれに川を流す。そうして遥か武蔵野を広げつづく。つぎからつぎへと「雲のむす間に峯の影」がつづきやまない。

わたしらは呼ばわれてあること。「吾を来れと招きける、／吾を来れと招きける。」わたしらは歩みだすがいいのだ。まずは武蔵野をへめぐる、どこでもいい、なだらかな尾根筋そこへ。

武蔵野へ！


【参考】

①「丘の上の家」
渋谷の通《とほり》を野に出ると、駒場に通ずる大きな路が楢林について曲つてゐて、向うに野川のうねうねと田圃の中を流れてゐるのが見え、その此方《こちら》の下流には、水車がかゝつて頻《しき》りに動いてゐるのが見えた。地平線は鮮やかに晴れて、武蔵野に特有な林を持つた低い丘がそれからそれへと続いて眺められた。私達は水車の傍の土橋を渡つて、茶畑や大根畑に添つて歩いた。

〔略〕

路はだらだらと細くその丘の上へと登つて行つてゐた。斜草地、目もさめるやうな紅葉、畠の黒い土にくつきりと鮮かな菊の一叢二叢《ひとむらふたむら》、青々とした菜畠――ふと丘の上の家の前に、若い上品な色の白い痩削《やせぎす》な青年がぢつと此方を見て立つてゐるのを私達は認めた。

「國木田君は此方ですか。」

「僕が國木田。」

此方の姓を言ふと、兼ねて聞いて知つてゐるので、「よく来て呉れた。珍客だ。」と喜んで迎へて呉れた。かれも秋の日を人懐しく思つてゐたのであつた。

〔略〕

「好い処ですね、君。」

「好いでせう。丘の上の家――実際吾々詩を好む青年には持つてこいでせう。山路〔愛山〕君がさがして呉れたんですが、からして一人で住んでゐるのは、理想的ですよ。来る友達は皆な褒めますよ。」

「好い処だ……。」

「武蔵野つて言ふ気がするでせう。月の明るい夜など何とも言はれませんよ。」

國木田君の清い、哀愁を湛へた眉と、流暢な純な言葉とは、私の心をすぐ捉へた。「あゝいふフレツシな文章が書けるのも尤だ。」かう話してゐる間に、私は思つた。

〔略〕

丘の上の後の方には、今と違つて、武蔵野の面影を偲ぶに足るやうな林やら丘やら草藪やらが沢山にあつた。私は國木田君とよく出かけた。林の中に埋れたやうにしてある古池、丘から丘へとつづく路にきこえる荷車の響、夕日の空に美しくあらはれて見える富士の雪、ガサガサと風になびく萱原《かやはら》、薄原《すすきはら》、野中に一本さびしさうに立つてゐる松、汽車の行く路の上にかゝつてゐる橋――さういふところを歩きながら、私達は何んなに人生を論じ、文芸を論じ、恋を論じ、自然を語つたであらうか。

（田山花袋『東京の三十年』）

## ②「独歩吟」四行詩

### 独坐

夜《よ》ふけて灯前独り坐す
哀思《あいし》悠々堪ゆべからず
眼底涙あり落つるにまかす
天外雲ありわれを招く

### 秋の月影

秋の月かげひとりでふめば
おのが影のみさきにたつ
ふりさけ見れば目に涙
露を払へと風がふく

山中

山路《やまぢ》たどれば煙が見ゆる
　谷の小川に藁《わら》流る
何処《いづこ》の誰がおすみやるか
　峰の松風さびしかろ

## 第一章　糞　正岡子規「高尾紀行」

武蔵野。首都のすぐ傍にある辺境。そうであればどうにもとどめようなく、首都とせめぎあうほかなく事の必然として摩擦が起こりやまないのが運命、ぎしぎしとおしあいへしあうものである。そのために、さまざまなかたちで歪《いびつ》ならざるをえなく収まりがつきようなく、きたようだ。ことは地政学上においても、はたまた、おなじ人間活動にあっても。などというふうなおおざっぱで、おかしならうけとりよう。本を漁るのではなく、むろんほんの少しは読んではいるが、山を遊びまわっている。そのうちぼんやりと、わかったようなつもりになっていた。

そこにはどういうか。熱い独歩の「山林に自由存す」の真率な招き。それがあったのである。ひるがえってみればそうである。当方、五十の声をきく手前頃より山遊びに興じだした（高校時代は山岳部）。そのことがおおもとにあった。でここらあたりの住まいで中途の御年輩であるなら、とりあえず手始めにその一歩はどこかと、まずもって近傍の高尾山へと向かうのがふつうかも?

†

高尾山（五九九メートル）。特段に準備も要らない、気軽な半日の山である。そうして行けばそれなりに愉しいこと。いつでも山行のたびそのつど、ささいな収穫があるのがよし。ほんとうにこの近い山からじつに多く得ているのである。それこそ遊山《ゆうざん》するにあたって、あれこれ肝要ななんだかんだ。いろいろともういっぱい。地質、詩歌、民俗……。足許に咲く草花、花の蜜を吸う蝶、虫、頭上に仰ぐ木、枝の間で囀る鳥。故事、来歴、気候……。などなどといやたくさん。

高尾山は好い頃加減の山。低くもないけど、高すぎもしない。そんなには疲れもしない。頂上に立てば、下界が望める。足下ずっともう、ぐるりっと武蔵野いったいが、一望できるのだ。そうしてしばしその景を目にして思い巡らしうるのである。

武蔵野。いったいその地勢の形状のありようを。この野に生き死にしつつ命を繋いだ人らを。はたまたその歴史の推移についてなど。きょうこのごろの「民のかまど」のあんばいまでも。

高尾山から、だんだん足を延ばしてゆく、稜線沿いに。いやそれこそ独歩の詩「武蔵の野辺に秩父山、／雲のむす間に峯の影、／吾を来れと招きける、」(「無題」)というように。関東山地の深く、それればかりか、秩父山地の奥へ、するとどうだ。

武蔵野は、武蔵野台地をいっぽうに、間に多摩川を流し、多摩丘陵からなる。いったいその地形は入り組み起伏に富み広がっている。そうしてそこに多くの人々が住んで長い歳月をかさねてきた。ついてはここらの民の習俗の集積も厚いものがあろう。だがそれはいかがなものであるのか。

むさし野といづくをさして分いらん行も帰るもはてしなければ　　北条氏康
草枕あまた旅寝を数へつもまだ武蔵野は末ぞ残れる　　土岐頼貞

というこれらの歌に詠まれるように京から遥かはなれること。くわえてまた人の行きかう東海道筋からも遠く隔たっているため。どうかすると多く史実を詳《つまび》らかにしないきらい。こちらのような裏日本の僻地の出ごときにはなお茫洋と真実摑み難いのったらない。

そこでどうしたらいいものなのか。きりのいいところ、黒船襲来以来、このかたをみると。そうするのがわかりいいのでは。まずそのはじめは、とまれ鉄道開通を機に武蔵野新時代が始まった、としていいだろう。ついてはこの主題に沿ってもっとも適材らしくある人物からここに登場を願うことにする。

†

正岡子規（慶応三／一八六七〜明治三十五／一九〇二）、伊予国温泉郡藤原新町（現・松山市）生まれ。子規、新しい時代を画した偉才だ。むろんのこと武蔵野鉄道旅をやっている。それも敷設からそれほど日を置かずに。これがひところの旅姿を伝えて面目躍如なること面白くあるのである。というのでもって、武蔵野詩遊行出発、とするとしよう。

「高尾紀行」（「日本」明治二十五・十二）。あらかじめいっておけばそうである。やはりさすが子規だけあってほんの小文紀行とはいえよくときの武蔵野のありようをさらりと活写するようす。まことによろしくしあがっているのったら。

子規、大病以前はほんとうに野球選手をするような、頑丈。ということもあって、じつをいうとこの旅に先立つ一年前、晩秋、武蔵野を飄然と歩いているのである、それがどういうものか。順序としてまずそちらの模様からみてゆくべきだろう。

明治二十四（一八九一）年二月、子規、東京帝大の哲学科から国文科に転科。この年の旅を挙げれば、三月の房総行脚に始まる。六月、木曽路を周遊、松山へ帰省。八月、宮島・尾道・小豆島を廻り上京。そして十一月、当の武蔵野行という。

子規、ところでその年の秋から冬にかけてずっと、〈俳句分類〉なる一大事業、それにひたすら取り組み始めているのだ。じつはその過程で芭蕉に出会う僥倖にめぐまれる。そうしてそのことが契機となってこの旅立ちとなったという。

はじめて『猿蓑』を繙《ひもと》いた時には一句々々皆面白いやうに思はれて嬉しくてたまらなかつた。〔略〕これが自分が俳句に於ける進歩の第一歩であつた。少し眼が開いたやうに思ふので旅行をして見たくて堪らなくなつて三日程武蔵野を廻つて来た。

（『獺祭書屋俳句帖抄』上巻　序）

旅程は、〈第一日〉蕨《わらび》—忍《おし》—熊谷。〈第二日〉熊谷—松山—吉見百穴—川越。〈第三日〉川越—所沢—田無街道—本郷。

子規、この旅で詠んだ十数句（句集『寒山落木』）。のちにふりかえりこの旅吟をして「写実」について多少なりとも体得したと回想してまでいるのである。つまり、「この吟行で写生に開眼を意識する」（「年譜」／『子規全集　第二十二巻』）、なりと。このことでまずそのうちの二句をどうしてもみておきたい。

凩《こがらし》や荒緒くひこむ菅の笠

雲助の睾丸黒き榾火《ほたび》かな

一句目、「菅の笠」、これはこの旅の折に蕨で買い求めたものだ。でその由縁を、「笠一つ。三日の間武蔵野をさまよいて、時雨にも濡れず霰にも打たれず、空しく筆の跡を留めて発句二つ三つ書きたる菅笠なり」（「室内の什物」）、と注記している。のちにこの笠と蓑が子規庵の床の間に飾られること。ほかでもなくこの蓑笠こそが自らの俳句の出発点となった記念としたのだろう。

二句目、「雲助（駕籠かきの蔑称）の睾丸」。こりゃまあなんと、これまでこのよう真っ直ぐにタマキン（！）を吟じた例があるだろうか、いやほんとうに。これぞまさに、子規の真骨頂、なりといおう。なるほどときに、たしかに「写生に開眼を意識」している、とわかるようだ？　ほんとうに、ちゃんと目で見たとおり隠さずに生に写している、ではないか。

このことだけでも子規の真剣さがよくつたわってこよう。なんともなんとじつは御大に睾丸句が数多くまだまだあるのだ（参考①）。それこそいうたら写生の真摯さのあらわれなること！　子規、『俳諧大要』は「修学第一期」に記す。当方、またよくこの「修学」を心底にしたくある、為念。

一、俳句をものせんと思はば思ふままをものすべし。巧を求むる莫《なか》れ、拙《せつ》を蔽《おお》ふ莫れ、他人に恥かしがる莫れ。

まずこのことをよく押さえておくとして。それではこれから早速、あえて一泊二日の「高尾紀行」を、前後に日割り、さきに参拝前半は一日目朝の、出発からみてゆきたい。参拝先は真言宗智山派の関東三大本山の一つ、飯縄《いいづな》権現を祀る高尾山薬王院。いったいそれがいかような思いをひそめたものであったか（文中、作者名なきは子規句）。

†

旅は二日道連は二人旅行道具は足二本ときめて十二月七日朝例の翁を本郷に訪ふて小春のうかれありきを促せば風邪の鼻すゝりながら俳道修行に出でん事本望なりとて共に新宿さしてぞ急ぎける。

きぬ〴〵に馬叱りたる寒さかな　　鳴雪

暫くは汽車に膝栗毛を休め小春日のさしこむ窓に顔さしつけて富士の姿を眺めつゝ

荻窪や野は枯れはてゝ牛の声　　鳴雪

堀割の土崩れけり枯薄　　同

雪の脚宝永山へかゝりけり

汽車道の一筋長し冬木立

麦蒔やたばねあげたる桑の枝

八王子に下りて二足三足歩めば大道に群衆を集めて声朗かに呼び立つる独楽《こま》まはしは昔の仙人の面影ゆかしく負ふた子を枯草の上におろして無慈悲に叱りたるわんぱくものは未来の豊太閤にもやあるらん。田舎といへば物事何となくさびて風流の材料も多かるに

店先に熊つるしたる寒さかな　　鳴雪

干蕪にならんでつりし草鞋かな　　同

冬川や蛇籠の上の枯尾花　　同

木枯や夜着きて町を通る人

兀げそめて稍寒げなり冬紅葉
冬川の涸れて蛇籠の寒さかな
茶店に憩《いこ》ふ。婆様の顔古茶碗の渋茶店前の枯尾花共に老いたり。榾《ほだ》焚きそへてさし出す火桶も亦恐らくは百年以上のものならん。
穂薄に撫でへらされし火桶かな
高尾山を攀《よ》ぢ行けば都人に珍らしき山路の物凄き景色身にしみて面白く下闇にきらつく紅葉萎みて散りかゝりたるが中にまだ半ば青きもたのもし。
木の間より見下す八王子の人家甍《いらか》を並べて鱗《うろこ》の如し。
目の下の小春日和や八王子　　鳴雪
飯縄権現に謁づ。
ぬかづいて飯縄の宮の寒きかな　　鳴雪
屋の棟に鳩ならび居る小春かな
御格子に切髪かくる寒さかな
木の葉やく寺の後ろや普請小屋
山の頂に上ればうしろは甲州の峻嶺峨々《がが》として聳え前は八百里の平原眼の力の届かぬ迄広がりたり。
山を下りて夜道八王子に着く。
困をぬけ出て山の小春かな

はじめに鉄道について。明治二十二（一八八九）年八月、甲武線（現・JR中央線）新宿―八王子間開通（一日上下線各四本。停車駅・中野・境・国分寺・立川・日野。十二年後、浅川駅〔現・高尾駅〕開設。小仏トンネル開通、与瀬駅〔現・相模湖駅〕まで延長さる）。

所要時間、一時間十四分。料金、下等（三等）三十銭。ということは現行運賃にあてはめると、当時の大工の手間賃が一日約二十銭あたり、現在の価格なら一万五千～二万五千円ぐらい、だとすれば割高感凄まじくないか？

いやもっとも、子規一行さんは新聞「日本」の取材費用立てだから懐痛まなかったろう。などとはさて敷設三年目の明治二十五（一八九二）年、十二月七日朝のことである。

旅好き健脚青年の子規、勇躍と高尾山を目指す。同行は「例の翁」、歳の差が二十歳の親子ほど違う俳句の弟子、内藤鳴雪（俳号「鳴雪」は、「成行き」の当て字。『吾輩は猫である』に登場する迷亭の伯父の「牧山」のモデル。当時、東京に学ぶ松山出身の子弟の寮、常盤会舎監督を務める）。

ときに子規二十五歳、鳴雪四十五歳。というところでなぜ子規が鳴雪に同行をたのんだものか。そこはちゃんと子規なりに事の首尾を考えての差配であったろう。鳴雪、いわずもがな門下のなかで人柄、識見ともに格別だったことだ。

それではここから高尾山「俳道修行」膝栗毛のおともをしよう。いやだけど、そのまえになぜ高尾山行とあいなった、ものだろう。どうしてか、もちろん前年十一月の武蔵野紀行があった、ことである。それこそ歯がゆいような、そのさき前章でみた独歩が「武蔵野」で強調している、このような思いがあったのでは。

「兎角武蔵野を散歩するのは高い処高い処と撰びたくなるのはなんとかして広い眺望を求むるからで、それで其望は容易に達せられない。見下ろす様な眺望は決して出来ない。それは初めからあきらめたがいゝ」

子規、そのときに決めたのだろう。だだっ広い武蔵野を歩きつつ、つぎは鳥の目で、それこそ「見下ろすような眺望」をもって、武蔵野、を眺め下ろさんと。つまるところ、写生のプリンシプルはというと、風景のホールピクチャーをえるにあり、なんてふうに？

さて、当朝、新宿出発！　それではじめの吟、「荻窪や」「堀割の」の景からみてゆこう。明治二十五（一八九二）年はモノクロの武蔵野旧景。いやほんと、うらぶれたこの車窓の冬野の、「牛の声」「枯薄」の末枯れ物寂しげなさまは、どうだろう。

そうしてしばらく、「汽車道の」ときて、「一筋長し」、とあるのはそうだ。じつはなんとこれは当初、甲州街道あるいは青梅街道沿い敷設の予定だったのが、住民の反対運動により林野を一直線に突っ切るような、路線となったためだと（近代化に対立するこの辺境的な構図はどうだ！）。

子規、ところでここで汽車を詠むのはこの僅か一句のみなりという。これをみるにつけどうも煙を吐く文明の利器をお気に召さなかったとおぼしい。少なくともこの旅にかぎっては。

ついで、「麦蒔や」の句の「桑の枝」のさま、みるにつけいかにも織物の郷桑都《そうと》は八王子らしくあるようす。なんとあの西行が詠んだと伝わる以下のような歌が遺っているほど。

浅川を渡れば富士の影清く桑の都に青嵐吹く　　西行

当地では明治以降、生糸が、山梨、長野、群馬、栃木ほかから鉄道により集積され加工。絹織物は横浜鉄道（現・JR横浜線）で横浜港へ輸送され、当時の貴重な外貨獲得源として世界中に輸出された。じつに生糸は輸出品の王座を占め、一時は全輸出品の八割に達したと（参照・第六章、第十章）。八王寺駅頭。それにつけても、「大道に群衆を集めて声朗かに呼び立つる独楽まはし」とはまたどうだ。これなどは桑都朝市で大賑わいする市場の群衆を当て込んでの香具師《やし》「仙人」のたぐいか。しかしなんとも大時代、辺境的っぽくはないか。そんな、「わんぱくものは未来の豊太閤にもやあるらん」だって。なんやまるでどこか子規じしんが「仙人」よろしくあるふう。

ところで「独楽まはし」に関わって。じつは前年の武蔵野紀行に「川越客舎」と詞書きする、以下のような旅吟がみえる。

猿曳は妻も子もなし秋のくれ
猿ひきを猿のなぶるや秋のくれ

「猿曳」「猿ひき」、すなわち、猿回し、なること。子規、なにゆえに、これら大道芸人に関心深甚にした、のであろう。あるいはひょっとして山窩《さんか》（参照・第七章）につよい関心があったのではないか？　ここらあたりは学究のこれからの研究をのぞみたい。

でそれから馬に揺られてか、あるいは杖を引きずってか。しばし店先の「熊」や、「草鞋」や、「蛇籠」や（それらいかにも文明開化以前らしきものばかり）を横目にしつつ、「冬紅葉」の「冬川」、小仏川を渡り、山麓まで八町（現・ケーブルカー清滝駅）周辺の小集落へ。

ここらをみるにつけ、まことに子規の目がよく武蔵野人らの底辺鍋釜のその事情に届いている、そのことがわかろう。さすが子規なりだ。ちゃんと地べたを踏みしめ歩いている。まったくもって浮ついてはいない。見るべきものは、これぞ写生の実践なると、見てあまさない。

†

さて、登りは旧くからの道（現・六号路。琵琶滝コース）へ。なおいまも高尾山麓周辺には精神科病院多くあるよし、それはなぜなのか、ほどなく右手に高尾病院・精神科の病棟がのぞく。つづいて、「茶店に憩ふ」とあるが、かつてこの登り口に千年樫の名を戴く巨樹が生い茂るそばに、佐藤旅館なる宿があり、二軒茶屋と呼ばれていた。そこの、「婆様の顔古茶碗の渋茶店前の枯尾花共に老いたり」という。なんとこの俳味のよろしさ！　そうしてこの婆様こそ原武蔵野人種の典型なのであろう（なおまた独歩の「武蔵野」に出てくる桜橋の掛茶屋の婆さんも同一人種といおう）。

ところで大正十一（一九二二）年四月のことだ。かの中里介山がここの部屋を借りて、妙音《みょうおん》ヶ《が》谷《たに》草庵と名付けて住んで両三年、『大菩薩峠』執筆のかたわら『千年樫の下にて』ほかを書きついだ（参照・終章）。そのさき昔の高尾は隠棲の地であった。しかしながら観光と閑寂は相容れないこと。介山、なんとも昭和二（一九二七）年に完成の高尾山ケーブル工事の騒音のために移転を余儀なくされる。

「だが、併し、高雄《（ママ）》の山の千年樫の下は忘れられない。ここにはどうしても現はしきれない夢のやうなローマンスも人間苦の観照もあつた。〔略〕われ来ること千年の昔、われ去つても恐らく尚ほ千年、枝も葉も幹も欝屈として茂つてゐる千年樫の偉大を思ふと涙ぐましい」（「自序」／『千年樫の下にて』

一九二八）

千年樫、「われ去つても恐らく尚ほ千年……」ならず残念至極なるも、昭和五十七（一九八二）年の台風で倒れ跡形無し、いまは介山の巨樹讃を胸中にして……。

琵琶滝川沿い、をしばし、岩屋大師、ほどなく、琵琶滝。ここは修験僧の修行場である。いっぽうで神経病の原始的なる滝療治の治療場でもあった（介山曰く「人間苦の観照」の現場）。子規、しかしながら帰路をも含めこの滝への言及なきはなぜか？（参照・第二章）

ところで介山であるが、なんとここで厳冬期にさえも水行をやったとか、ちょっと猛烈すぎでは。なんだか机竜之助よろしくないか。凄い人だ！

「……厳寒の時、はりつめた氷雪の中からサラサラと走る白流を視ると、心が跳《おど》るやうに思はれ、厳冬の水に対して、恋人のやうな懐かしさを覚えて、それを抱擁したくなる」（「高尾の草庵」同前）

「厳冬の水」を「抱擁」？　そんなとても人間ではなさそうな介山はさてとして。滝を背にしばらく歩を進めると、「木の間より見下す八王子の人家甍を並べて鱗の如し」と、もう頂は近くすぐそこ甍の影がして、高尾山薬王院。

「木の葉やく」、この句の「普請小屋」はというと、明治十九（一八八六）年、山崩れにより本堂が崩壊した、その再興普請の景それだろう。薬王院は、天平十六（七四四）年、行基菩薩の開山、真言宗智山派の古刹、飯縄信仰の霊山であり修験道の道場。そうして頂に立つや、まあ眺め爽かなこと。

「うしろは甲州の峻嶺峨々として聳え前は八百里の平原眼の力の届かぬ迄広がりたり」

頂上、ずっと昔むかし江戸の参拝者に「関八州」を見渡せると謳われた、壮景。いやこれまたあの、前章でみた「武蔵野」にそう、このようにあった。

「もし高きに登りて一目にこの大観を占めることができるならこの上もないこと、〔後略〕」というような「大観」、それをこそ、子規は、このときに、体感したのではないか。そのさき前年は秋の武蔵野紀行で詠んだ一句にあった。

ゆら〳〵と夕日ひろがるかれ野哉

そのとき目の高さに眺めやっていた歯がゆいような夕べの「かれ野」の景それを、そっくり「一目に」足下にすること感嘆し頷いたのでは。

ところでどうだろう、きょうこの現在、「大観」はいかがな、ことになっているか。

それこそ遥か隔世の感なるかな。現今、猛烈なること、山ギャルやら山ボーイやら、わからんインバウンドとかやら、山ババァやら山ジジィやら、仰山なるさま。平成十九（二〇〇七）年、『ミシュランガイド』で三つ星観光地に選出されたとかどうとか。あのときからますます原宿的巣鴨的大喧噪をきわめるにいたった。いまや年間三百万人の多くが訪れる世界一人気の山だとか。

一望ぐるり、相模湾から、新宿副都心の高層ビル、東京スカイツリー、房総半島まで？　堪能できる。子規、ときにその春の房総行脚の旅を鳴雪翁に語ったのでは。ほんとうこの無可有みたい、東京の田舎、これぞ武蔵野なりといおう。武蔵野、西北に大きな山を背負って遠く広がる台地、丘陵帯。「凧を……」の句、いやこの「小春」の長閑《のどか》さ爽快さったら。夢のまた夢なるか。まことに観光と閑寂は相容れえない。

でこのあと、「山を下りて夜道八王子に着く」とつづく。当夜、八王子の「門屋」に一泊。これからも高尾山はもっとも庶民に身近な低山でありながら二日掛かりなこと。現在でいえば八ヶ岳あたりの感覚であるか。いやほんとうに遠かったのだろう。だけどひるがえって考えてみて、コンビニエンス、なるのは良いことばかりでない。どころか、子規さんらの膝栗毛のほうがどれほど心豊かなもの、だったか。

ほんとなんともまあ長閑なぐあいなのである。というところでここから後半をみることにしよう。

†

八日朝霜にさえゆく馬の鈴に眼を覚まし花やかなる馬士唄《まごうた》の拍子面白く送られながら八王子の巷を立ち出で日野駅より横に百草《もぐさ》の松蓮寺を指して行くに

朝霜や藁家ばかりの村一つ

冬枯やいづこ茂草の松蓮寺　　鳴雪

路に高幡の不動を過ぐ。

松杉や枯野の中の不動堂

小山を廻りて寺の門に至る。石壇を上れば堂宇あり。後の岡には処々に亭を設く。玉川は眼の下に流れ武蔵野は雲の際に広がる。

玉川の一筋ひかる冬野かな　　鳴雪

寺を下りて玉川のほとりに出で一の宮の渡を渡る。

鮎死で瀬のほそりけり冬の川

府中まで行く道すがらの句に

古塚や冬田の中の一つ松　鳴雪
杉の間の随神寒し古やしろ　同
鳥居にも大根干すなり村稲荷　同
小春日や又この背戸も爺と婆

府中にてひなびたる料理にやすき腹をこやし六所の宮に謁づ。饅頭に路を急ぎ国分寺に汽車を待ちて新塾《ママ》に着く頃は定めなき空淋しく時雨れて田舎さして帰る馬の足音忙しく聞ゆ。

新宿に荷馬ならぶや夕時雨

家に帰れば人来りて旅路の絶風光を問ふ。答へていふ風流は山にあらず水にあらず道ばたの馬糞累々たるに在り。試みに我句を聞かせんとて

馬糞もともにやかるゝ枯野かな
馬糞の側から出たりみそさゞゐ
馬糞のぬくもりにさく冬牡丹
鳥居より内の馬糞や神無月
馬糞のからびぬはなしむら時雨

と息をもつがず高らかに吟ずれば客駭《おどろ》いて去る。

†

八日朝、「馬の鈴に眼を覚まし」、「馬士唄の拍子」で送られ、「八王子の巷」から、「藁家ばかりの村」をへて、「百草の松蓮寺〔日野市百草にある享保六（一七二一）年に再興された黄檗宗の松連寺の庭園が前身〕

を巡り、「高幡の不動〔日野市高幡にある真言宗智山派別格本山の寺院金剛寺、高幡不動尊の通称〕」へ。どうやらこのコースが往時の行楽のメインだったのやら。次章の北村透谷、三章の若山牧水、などなどこののち幾たりもが同じ道を歩いて同じように遊んでいるのである。

つぎに、「玉川のほとりに出で一の宮の渡」、そこから「府中」で腹を満たすこと、「六所の宮〔現在、世田谷区赤堤にある六所神社〕」に詣で、「国分寺」に至ると。ここまでの行程をみるにつけ、そのさきの行楽とはもっぱら寺社巡りすることを主眼としていた、ということが理解されるだろう。

しかしながらどうして寺社なのであろう。そこがあきらかに信仰の聖地であること、それこそ治外法権よろしく、ときどきの権力の膝下によってきたから。もっというならお目こぼしにあずかった、おかげあって門前市をなすことに……。このことではいつか当方、あの作家・水上勉さんに、一笑されたものである。

あほやな、あんたは。そんなのなんも難しいことやないやろうが、なんでどうして、博打の銭が寺銭、といわれるのか、ちょっとそのことを考えればわかろうことや。わかった、ええなあ。

なるほどそうしてそう、寺社の門前には旅籠が軒を連ね、その裏に回れば、飲食と遊郭の仄明るい灯が瞬いていた、なるほどいわずもがな。またいわずもがな、そこいらには「雲助の睾丸黒き」らがわんさと、おいでなすったのだ。子規、そこらの事情に通じること深い御仁なること、ちゃんと吟じている。ついでながらかなり多くあるこの種の句も併せて引いておくとしよう〔参考②〕。

虫干や釈迦と遊女のとなりあひ
長き夜や誰がきぬきぬの鶏が鳴く

それでそこからは、「汽車を待ちて新塾に」、というはこびだが。ここらあたりの景色のまたなんとも物寂しげなさまったら。いうならば、いまだ武蔵野はほとんど昔もむかしの名所図絵がなぞる鄙《ひな》のまま、であったのだ。でそれで戻った「新宿」はどうか。

なんと馬、「田舎〔武蔵野?〕さして帰る馬」列なすと。そこにはそう、以下にみるような新宿駅創成にまつわる事情、があったよし。

明治十八（一八八五）年、日本鉄道により当時の南豊島郡角筈《つのはず》村に現在の山手線が開業、これが新宿駅の始まり。当初は東京市（現在の東京二十三区）には含まれず。周りに田畑が広がっていた。新宿の名の由来は、江戸時代の宿場の一つで楼閣の並ぶ内藤新宿から。駅近辺、また甲州街道、青梅街道では、農作物や薪炭などを運搬する馬車が屯《たむろ》していた。あの紀伊國屋書店は薪炭問屋だったそう。このことでは同書店創業者で随筆家の田辺茂一《もいち》が明治四十年代の新宿歌舞伎町周辺を描いている。「そのころは、鬱蒼とした大木が茂っていて、山鳥や山犬がいた。／山の真ん中に池があり、その池のまた真ん中に島があり、小さな舟が舫《もや》っていた」（『わが町・新宿』）

そんな「山犬〔狼〕が」だって? しかしほんとなんということか。大正十二（一九二三）年九月一日、関東大震災。浅草、銀座、日本橋、など地盤が弱い下町の繁華街が壊滅的な被害を受けた。大きく帝都の様相が変わる。

高台にのぼつて僕は展望してみたが、四面は瓦礫。／ニコライ〔神田駿河台のニコライ堂〕のドームは欠け、神田一帯の零落を越えて／丸の内、室町あたり、業火の試練にのこつたビルディングは、墓標のごとくおし並び、／そこに眠るここの民族の、見はてぬ夢をとむらうやうだ。

（金子光晴「東京哀傷詩篇（関東大震災に）焼跡の逍遥」）

かくして表層地盤が比較的強い武蔵野台地上の新宿や東京西部の郊外へ人口がシフト。東京の市街地が西側、山の手に拡大、西部のターミナル駅として多くの私鉄が乗り入れ、京王電気軌道（一九二五年、新宿―東八王子間開業）、小田原急行鉄道（一九二七年、新宿―小田原間開業）、など集客も多く繁華街として本格的な発展を遂げた。

†

というここからがじつは、子規の面目躍如の活舌、それがみられるところだ。ついてはその前にちょっと明かしておこう。

「高尾紀行」。これがそもそも、新聞稿では「馬糞紀行」（いかにも子規らしい魂胆ありあり？）との題で発表され、『獺祭書屋俳話』（一八九二）へ収載される際に改めた、というしだい。初出稿のつぎなる鳴雪句は削られている。

新宿や馬糞の上に朝の霜　　鳴雪

これをみるにつけ、ときの帝都の面影がよく、しのばれるだろう。このときまだまだ馬車運搬が主要な交通手段だったのである。馬は所かまわず、ぽとりと、ぽとりと、糞を垂れるもの。まことに湯気の「馬糞の上に朝の霜」の爽快なるさま。

このことに関わっていえば、いま現在なお、ＪＲ新宿駅東口を出たところに赤花崗岩製の馬水槽《ばすいそう》あり。蛇口から出る水を、上部が馬、下部が猫や犬、裏側で人が飲む仕様。これはそのさき明治三十九（一九〇六）年にロンドンの水槽協会から東京市に寄贈されたものだと。いやなんとも床しくないか。

それがだがどういうか、「家〔常盤会寄宿舎〕に帰れば」、どうしようもないこと。やはりどうしたって諸兄らがあいつどうような仕儀になっているしだい。ときに「家」には、子規が仲間八名と始めた「紅葉会」の会合があり、回覧雑誌「つゞれの錦」を編集発行している。そうするとやはり「旅路の絶風光を」などとなること。みなさんうちそろって車窓からのまた山頂でのそれを所望してやまなかったろうが。

子規、明快のきわみ。しかるにそのさき真っ直ぐにタマキンの袋を詠んだものである。「客駭《おどろ》」くことに。

なんとも、「答へていふ風流は山にあらず水にあらず道ばたの馬糞累々たるに在り」、なりとは。けだし名言なりだ。かくしておよぶ、「馬糞」と、「枯野」「ミソサザイ」「冬牡丹」「神無月」「時雨」、五句の取り合わせ絶妙、なることとったら。なんとなんたる、「累々たる」糞臭、おかしきことか。

なお、七年後の明治三十二（一八九九）年「随問随答」。子規、そこでの問答において俳句の「詩美」に関連して以下のように名答されている。

「何処に詩美を感じた」かてゝ教へ様も無けれど、先づ郊外に出でゝ、げん〳〵蒲公英《たんぽぽ》の花でも見給へ、それで分らずば木の芽をふかんとする林のけしきつく〴〵と見給へ、若し其時、仰向いた顔へ鳶が糞を落したら俳句はこゝなりと知り給へ。

さらに翌明治三十三（一九〇〇）年、タイトルもズバリ「糞の句」をものされておいでだ。関心のある向きはご一読のほど。

子規、ほんとうまったく理解がゆきとどいている。帝都東京も、いずこも馬糞累々なるなり、武蔵野原も。ほかならぬときの本懐でこそあったろう。句のきわみは、糞にこそあり……。

子規さすが。ひるがえって中国明代の洪自誠（生没年未詳）さながらでは。喝采したい。

良声で鳴く蟬は／糞土から生まれ、／光彩を輝かす蛍は／腐草から生ずる。（『菜根譚』）

馬糞、万歳！　じつにほんと素晴らしくないか。子規、こののちもあかずに馬糞句を吟じているのをみよ（参考③）。万歳、馬糞！

追記。本稿の筋に沿って、子規に深く学んだ、後進の句を添えたい。おふたりとも「写生に開眼を意識」しておいでだ。くわえるにこの両者とはすこぶる面子がよろしくないか。

小川芋銭《うせん》（一八六八〜一九三八）、河童で有名な画家（参照・拙著『河童芋銭』）。芋銭、子規と面会の記録あり、子規排列の草稿本『承露盤』に三句採られる。その一句にある。

狐鳴いて狸のふくり寒からん

和田久太郎（一八九三〜一九二八）、大正十二（一九二三）年九月の大杉栄・伊藤野枝夫婦、甥虐殺の一年後、関東大震災の一周年忌に陸軍大将福田雅太郎を狙撃して果たさず。昭和三（一九二八）年二月、秋田刑務所にて縊死《いし》した（参照・拙著『脱力の人』）。子規の読者のよし、和田の著作『獄窓から』にこの一句がある。

馬は暖かに尿《いばり》す銀座の柳かな

【参考】
①睾丸句
睾丸の汗かいて居るあはれ也
睾丸の邪魔になつたる涼み哉
やかれたる夏や睾丸の土用干
睾丸に須磨のすゞ風吹送れ
睾丸をのせて重たき団扇哉
狼や睾丸凍る旅の人
睾丸の垢取る冬の日向哉
関守の睾丸あぶる火鉢哉
他

②遊女句

じだらくに寝たる官女や宵の春
夢に見ん遊女もしらず春の雨
鏡見てゐるや遊女の秋近き
芍薬は遊女の知らぬさかり哉
女ゆかし紅葉を散らす烟草盆
女来よ初夢語りなぐさまん
小桜といふ遊女を買ひぬ春の暮
舟に寝る遊女の足の湯婆哉
うたゝねや遊女の膝の明け易き
気に入らぬ遊女眠りぬ朧月
女郎買をやめて此頃秋の暮

他

③馬糞句

馬市のあとや馬糞春の草
馬糞の陽炎になつてしまひ皃
馬糞に息つく秋の胡蝶かな
馬糞をはなれて石に秋の蠅

他

# 第二章　狂　北村透谷「三日幻境」

空を撃ち虚を狙ひ、空の空なる事業をなして……
（北村透谷「人生に相渉るとは何の謂ぞ」）

欧化一途の帝都東京と、ようやくのこと鉄道新設なったばかりの、前近代的な武蔵野と。前章でみてきたようにかくも分断したままにあったとは！　東京に近い田舎。辺境。そのことからしぜんに推測されてくるのである。であればそこには、いかんともしようがない疎隔があったことはあきらか、といえるのでないか。どうしようもないよな、歪み、がとんでもなくあった。

鹿鳴館と、藁屋根と。洋風士女と、大道芸人と。およそありとあらゆる側面で交差しように、ハードでも、ソフトでも、しえない断絶が渦巻いていたにちがいない。じっさいのところ、さきに子規が写生よろしくしたあの民草の馬糞っぽさ、といったらどうだ。

ここで想起せられよ、「雲助の睾丸」、いやその小汚いこと！

などといまそんな底辺庶民はさておくとして。じつはこの武蔵野の地にひそかに逼塞せざるをえず、ひっそりと鬱屈してやまない反都的な輩がいたはずだ。つまりいうところの意識部分たるたぐいらが。というところで一拍おくことにして。たとえば武蔵野といわれると、こちらには口を衝いて出る歌があるのだ、ほとんど反射的といっていいほど。それはつぎなる一首なのである。

身はたとひ武蔵の野辺に朽ちぬとも留め置かまし大和魂　　吉田松陰

松陰、数え年、三十。安政の大獄（安政五〜六／一八五八〜五九）に連座し処刑された。あまりにも有名にすぎる『留魂録』にみえる辞世ではある。当方、じつをいうとこの歌をつぎのように読んできたのである。

「武蔵の野辺に朽ちぬとも」……。というのだから解するなら、わが武蔵野とはつまりは人が死んで眠るにふさわしい死屍累々たる、ところの謂なのではないか。とそうして想うのだった。そこいらに逝った多くの草莽《そうもう》の士らが眠っていよう。むろんもちろんそこには歴史を遡れば幾多の渡来人らの御霊も葬られていることだろうと（参照・第九章）。

そこらのことに興味をおぼえてきた。そういうしだいで、ここらあたりの村々においていかなる人士がいかように鬱勃としていたものか跡付けしてみるのも、どんなものだろう。それはいろいろな御仁がおいでだろう。

「武蔵の野辺に朽ちぬとも」……。ついてはこの辞世とともに、ほかでもなく浮かんでくるのが、じつはこの名前なのである。

†

北村透谷（明治一／一八六八〜明治二十七／一八九四）、相模国小田原唐人町（現・神奈川県小田原市）生まれ。本名、門太郎。正岡子規と同時代人。明治十四（一八八一）年、十三歳、銀座の泰明小学校

に転入学。折しも自由民権運動が高揚期にあり、政治家たらんと志を固める。

明治十六（一八八三）年、東京専門学校（現・早稲田大学）政治科に入学。没落士族の長男、であり生計の道の目途も立たない、貧書生の透谷。盟友と恃《たの》む同志を得て、三多摩（旧西多摩、旧北多摩、旧南多摩三郡の総称。このとき三郡は神奈川県に属していた。明治二十六年、東京府に移管）地方の左派民権運動に没入し、精力的に活動。なかでも運動熱度が高揚したのが、あるいはそんな山の霊に憑かれでもするか、なんとも草深い高尾山麓の村々であった。透谷、そのうちの小集落は南多摩郡川口村字森下（現・八王子市川口町、上川町）を四度の多く足繁く訪れている。

透谷、この地に「希望《ホープ》」の故郷をみること「幻境」と称して、特別な想いを抱く。どうしてそうまでまた、それは透谷を魅了しやまない壮烈の老師がいた、そのことによってである。

秋山國三郎（号、龍子《りゅうし》。文政十一／一八二八〜明治三十六／一九〇三）。透谷は、この人を慈父のごとく心底から慕った。國三郎はというと、それはもうとんでもない、剛毅筋だったそう。

それでは早速ではある。これから透谷の「三日幻境」（「女学雑誌」三二五号、三二七号　明治二十五・八・十三／九・十）の旅に同行することに。ついては以下におよぶ。

明治二十五（一八九二）年七月（子規の「高尾紀行」の三ヶ月前）。透谷は、「幻境」川口村に老師を訪ねる。でまずはその横顔を伝えるのである。ほんと熱く委曲を尽くして。

†

龍子は当年六十五歳、元と豪族に生れしが少《わか》うして各地に飄遊し、好むところに従ひて義太夫語りとなり、江都《えど》に数多き太夫の中《うち》にも寄席に出で丶は常に二枚目を語りしとぞ。然《さ》れども彼は元来一個《ひとり》の俠骨男子、芸人の卑下なる根性を有《も》たぬが自慢なれば、あたらしき才芸を自ら埋没して、中年家に帰り父祖の産を継ぎたりしかど、生得の奇骨は鋤犂《じょり》に用ゆべきにあらず、再三再四家を出で、豪俠を以て自から任じ、業は学ばずして頭領株の一人となり、墨つぼ取つては其道の達人を驚かしめ、風流の遊場《あそびば》に立ちては幾多の佳人を悩殺して今に懺悔《ざんげ》の種を残し、或時は剣《つるぎ》を挺して武人の暴横に当り、危道を踏み死地に陥りしこと数を知らず。然《さ》れども我が知りてよりの彼は、沈静なる硬漢、風流なる田人、園芸をわきまへ、俳道に明らかに、義太夫の節に巧みに、刀剣の鑑定にぬきんで、村内の葛藤を調理するに威権ある二十貫男、むかし三段目の角力《すまふ》を悩ませし腕力たしかに見えたり。

わが幻境は彼あるによりて幻境なりしなり。わが再遊を試みたるも寔《まこと》に彼を見んが為なりしなり。

（「三日幻境」）

そうまでいう破天荒よろしきこの「豪俠」。これぞ國三郎なるや。透谷はむろん、恃む盟友もまたこの翁に師事すること篤く心底、敬愛していた。

大矢正夫（号、蒼海。文久三／一八六三〜昭和三／一九二八）。相模国高座郡座間村大字栗原（現・神奈川県座間市）の農家に生まれた。透谷より五歳上。この大矢は、石坂昌孝、のちの透谷の妻ミナの父、南多摩郡津田村（現・町田市）在の、三多摩民権運動の最高指導者と関係を深くした。

大矢、若き日、石坂が神田錦町に開いた静脩館に入館。同館は、相模国の東京遊学生のための寄宿舎であったが、青年活動家の拠点でもあった。明治十七（一八八四）年一月、ここで大矢と透谷は出会い意気投合する（参照・『大矢正夫自徐傳《ママ》』）。

この夏頃に、ふたりは、「土岐（時の変え字）運（めぐり）来（来る）」、なんぞと染め抜いた法被《はっぴ》を着て小間物の行商をしつつ、民権思想を宣伝して三多摩周辺を回っている。というところで思い出されるのはそう。荒畑寒村が、明治三十八（一九〇五）年、平民社の活動の一環として社会主義宣伝のための伝道行商の途上、出会った田中正造に感激、谷中《やなか》村問題に傾倒し、四十年、二十歳のとき処女作『谷中村滅亡史』を著した事例だ。

ひるがえって伝道行商が民権派の伝統情宣であったとは！　大矢、しかしこの秋あたりに脚気を患ったため透谷をともない、國三郎宅にあって転地療養をかねて逗留することに。

「はじめてこの幻境に入りし時、蒼海は一田家に寄寓せり、再び往きし時に、彼は一畸人の家に寓せり、我を駐《とど》めて共に居らしめ」（同前）

このことからも透谷はこの二度目の訪問のときに國三郎と初会したわけだが。じつにこの逗留が快かったか、なんとこの十一月から翌年三月までの長期におよんだと、まことに良い師弟だったのだ。透谷、それはさてこの大矢をして「相州の一孤客」「淡泊洗ふが如き孤剣の快男児」とまで激賞してやまないこと。國三郎と大矢と、ここらをみるにつけ、じつはこの両人こそまことに土着武蔵野的人士らしくあった逸材そのもの、といっていいだろう。

†

武蔵野。いまここで詳しくはおくが。いったいかくのごとく志高い人士が少なくなかったようだ。ではまずは誰からにしよう。

中里介山。前章で名を挙げた凄い人物。介山は、大正十三（一九二四）年、高尾時代には私塾の児童教育機関「隣人学園」を開校。のちには郷里の西多摩郡羽村村（現・羽村市）において、祖先伝来の土地を買い足し、約一町歩（約一㌶）の畑を取得し、直耕と塾教育を合一させ、吉田松陰の松下村塾にならった「西隣村塾」に継承している。介山、明治三十七（一九〇四）年、十九歳、日露戦争に際し書いた反戦詩がある。

我を送る郷関《きやうくわん》の人、
願くは暫し其「萬歳」の声を止めよ。
静けき山、清き河、
其異様なる叫びに汚《けが》れん。

（「乱調激韵」／「平民新聞」明治三十七・八・七）

介山については、さいごに一章を設けている。であればこれだけに留めることにしたい。
つぎにはグループとして「五日市憲法草案」繫がりのメンバーはどうだ。これは西多摩郡五日市町（現・あきる野市）で昭和四十三（一九六八）年に発見された、五日市憲法草案（全文二百四条　五日市学芸講談会の主導的な民権家・千葉卓三郎が起草。明治十四（一八八一）年作成）である。同憲法は基本的人権に触れており、当時としては画期的な内容だった。

第四十五条　日本国民ハ各自ノ権利自由ヲ達ス可シ、他ヨリ妨害ス可ラズ、且国法之ヲ保護ス可シ
第四十九条　凡ソ日本国ニ在居スル人民ハ内外国人ヲ論セス其身体生命財産名誉ヲ保固ス

くわえるにその立場を異にして、また少し時代も違うが、つぎの名前を挙げておきたくある。近藤勇《いさみ》、新選組隊長。多摩郡上石原村（現・調布市野水）百姓家生まれ。土方歳三《としぞう》、同副隊長。同多摩郡石田村（現・日野市石田）百姓家生まれ。どうだろう、両人もべつの意味で時世に抗った御仁、といえよう。

ここからは余談ではあるが。じつは國三郎がそう、どことなし近藤勇まがいでは？　なにしろそんな「或時は剣を挺して……、危道を踏み死地に陥りし……」というのだから。それにどんなものだろう。ひょっとして透谷に疾患がなければ土方歳三よろしく隠密な行動をやっている？　いやそんなことないか。ところで土方であるが、なんとも豊玉《ほうぎょく》なる俳号を持ち『豊玉発句集』なる著作を著す文人であった。つぎなる一句がみえる。

武蔵野やつよふ出て来る花見酒

「武蔵野（杯）」なるは酒が五、六合入る大杯のこと。武蔵野は果ても知れず、「野《の》、見《み》、尽《つく》せず（飲み尽せず）」、ぐでんぐでん目が回るばかりよな、の謂。歳三、いかにも洒脱ではないか、くらべて、透谷、ちょっと堅物にすぎるか……。

などとはさてもっといっぱい有意の人材が数多くあることであろう。いわずもがな透谷じしん前述したように、小学校在学時より自由民権運動に共感篤く、「奮つて自由の犠牲にならん」（石坂ミナ宛書簡草稿　明治二十・八・十八）、と政治家を志した早熟。ほんとまこと武蔵野的人士らしくあった……。

†

さて、この明治十七（一八八四）年の五月から九月にかけて、このとき広く自由民権運動が激すること。この山間の地でも激越な困民党事件（負債返弁騒擾）が相次ぎ起こる。群馬事件、加波山《かばさん》事件、秩父事件、飯田事件、などなど陸続とつづく（参照・第十章）。

八月十日、「絹の道」は八王子市と町田市の境の峠、御殿峠において多摩困民党の乱が惹起。ときの政府のデフレ政策により、生糸の暴落を招き打撃を受けた養蚕農民数千人が立ち上がった（参照・辺見じゅん『呪われたシルク・ロード』）。

さらに九月五日のこと、「幻境」川口村でも川口村困民党事件が発生。二百余名の困民が警察署乱入（翌年二月、二百十五名、全員有罪の判決下る）。

大矢は、そのときの勢いに乗じるように、大阪事件（明治十八年五月、大井憲太郎を首脳に、大阪で惹起した自由民権運動の激化事件の一つ、自由党左派の企てた朝鮮内政改革運動）の計画に積極的に関与、「幾多の少年壮士を率ゐて朝鮮の挙に与からんとし」、恃みの透谷を強盗計画に誘う。ときに透谷は懊悩のすえ、剃髪して川口村の國三郎方に大矢を訪ね、計画の参加を断る。十一月、大矢は、渡韓直前、長崎で逮捕される（明治二十四〔一八九一〕年十二月、特赦で出獄）。

というところで話を戻すことにして。その最初の来訪から七年、そしてその間に「富士山遊びの記憶」（草稿・明治十八・八起筆）に記す富士登山の途上「すげ笠蓑草鞋脚絆五尺之杖」の旅装の訪問を挟みそれから、大矢との決別から五年のち。ようやくまた憧れの地へとまいるのだ。

明治二十五（一八九二）年七月二十七日、やっとのこと四度目の「幻境」行とあいなった。透谷、川口村に國三郎と大矢（たまたま不在で同道叶わず四日目に再会している）の両人を、芝公園内の家を出て、「汽笛一声新宿を発して」、訪問し想いを果たす。

同日午後、到着。しかし肝心の当主は残念「八王子にあり」留守なると。二十八日朝、当家の子供らと網代温泉（現・あきる野市）へ。そうしてしばらく戻ったその夕べやっとのことだ。

「楼上には我を待つ畸人あり」、「老俠客莞爾《くわんじ》として我を迎へ」というびっくりなはこび。でもうこのときとばかり、ともに胸を開き語り明かさん、なりとなっているのである。

当夜、もう眠れなく「この過去の七年、我が為には一種の牢獄にてありしなり」「……友は国事の罪をもつて我を離れ……」「自殺を企てし事も幾回なりしか」という思いを、悶々。

さて、ここからじかに「三日幻境」からみてみたい。それがいかような交歓ではあったものか。

†

この夜の紙帳《しちやう》は広くして、我と老俠客と枕を並べて臥せり、屋外の流水、夜《よ》の沈むに従ひて音高く、わが遊魂を巻きて、なほ深きいづれかの幻境に流し行きて、われをして睡魔の奴《ど》とならしめず。翁も亦《ま》たねがへりの数に夢幾度《いくたび》かとぎれけむ、むく〳〵と起きて我を呼び、これより談話俳道の事、戯曲の事に闌《たけなは》にして、いつ眠《ね》るべしとも知られず。われは眠《ねむり》の成らぬを水の罪《とが》に帰して、
七年《しちねん》を夢に入れとや水の音
と吟《よ》みけるに、翁はこれを何とか読み変へて見たり。翁未だ壮年の勇気を喪《うしな》はざれど、生年限りあれば、かねて存命に石碑を建つるの志あり、我が来るを待ちて文を属《しよく》せしめんとの意を陳《のべ》ければ、我は快よく之を諾しぬ、又た彼の多年苦心して集めし義太夫本、我を得て沈滅の憂ひなきを喜び、

其没後には悉皆《しっかい》我に贈らんと言ひければ、我は其好意に感泣しぬ。翁の秀逸一二を挙ぐれば、

　夢いくつさまして来しぞほとゝぎす

　こゝに寝む花の吹雪に埋《うづ》むまで

なほ名吟の数多くあり、我他日、翁の為に輯《しふ》集の労を取らんことを期す。この夜、翁の請に応じて即吟、白扇に題したる我句は、

　越えて来て又一峰《ひとみね》や月のあと

暁天の白むまで眠り得ず、翌朝日闌《た》けて起き出でたるは、いつの間にか明方の熟睡に入りたりしと覚ゆ。蒼海遂に来らねば、老俠と我と車を双《なら》べて我幻境の門を出づ、この時老婆は呉々も我再遊の前《さき》の如く長からざるべきを請ふに、この秋再びと契りて別れたり。行くところは高雄山。同伴《つれ》はおもしろし、別して月も宵にはあるべし、この夜の清興を思へば、涼風盈《み》ちて車上にあり。

†

どんなものだろういやはや。こんなふうに夜を徹して「我と老俠客と枕を並べて」の句の遣り取りをせんとは。よろしくないかちょっと。かくのごとく草莽の士は句歌を介し交歓を深めたものなり。ではまずは若輩の透谷の二句からみよう。

一句目、「七年を」、ほんとうこの物狂おしいまでの煩悶のやみがたさ。それはいまにいたっても決して水に流してよしとできるものではない……。

二句目、「越えて来て」、とはいうものの、またすぐに目の前に険しい峰が立ちはだかる、ということわり。このさきもずっと繰り返すほかないとは……。

いっぽう老俠客はどうか。それがいうにいわれぬ。よろしき自在境のぐあい。

一句目、「夢いくつ」、いやこのなんとも、長年の雌伏と放浪の果てなお「鳴いて血を吐く」までの意志の堅牢さ、といったらどうだ。

二句目、「こゝに寝む」、これはもう文句なしだろう。ついてはこの句柄をして西行の「願はくば花の下にて春死なむその如月の望月の頃」（『山家集』）の境地とみる意見もありそうだ。そこらの気持ちもよくわかるが当方はちがう。どういおうか、なんかどこかわが偏愛なる蕉門は乞食俳人・路通（参照・拙著『乞食路通』）の一代の名句よろしくあると、みるのである。

肌《はだ》のよき石に眠らん花の山　　路通

——以上、かいつまんでみた若輩透谷と老俠客の「俳道の事」についてはいかがか。これはもうあきらかに後者に軍配なりとすべきだろう。

それはさて明けること。翌二十九日朝、かくして「幻境」川口村森下を出でて、その夜は八王子に泊まる。というような移りゆき。

「余は八王子に一泊するを好まざりしと雖《いへども》、老人の意見枉《ま》げ難く止むことを得ずして、俗気都にも増せる市塵《しじん》の中《うち》に一夜を過せり」

というほどの桑都は八王子の繁昌ぶりったら。江戸時代以降、甲州街道沿い、いったい「飯盛旅籠」「貸座敷」などという遊女屋が櫛比していた。いやその大賑わい「俗気都にも増せる市塵の中」との騒擾までとは。なんだかあの、さきにみた子規の「大道に群衆を集めて声朗かに呼び立つる独楽まはし」を想起させられて、おかしくなる。

三十日早朝、そして「明くれば早暁羈亭《きてい》を出で、馬車に投じて高雄山に向ふ」ことに。というところで問うことにしたい。しかしなんで「高雄山」ではあるのか？　そんなどこか別のところでなくて。

ここでちょっと止ってみることにする。このことで透谷は「むかしわれ蒼海と同《とも》に彼幻境に隠れしころ、山に入りて炭焼、薪木樵《たきぎこり》の業《わざ》を助くるをこよなき漫興となせしが」と述懐しているが。はたしてそんな懐かしさだけだろうか。

というところで思われるのである。透谷、ただもうひたすら眺望をえたかったのでは？　たとえそれほど高度感をのぞみえないような高雄山だったとしても。だからときに自身所望したのではなかったか？　そういっても違ってはいまいと。

なぜそのように断じ得るのであるかって。それこそ、それほど苦悶ひどく「一種の牢獄にてあり」「自殺を企てし事も」という心中であった、だからだ。なにはともあれ頂に憩いたくあったと。できうれば、そこで一息ついて得心したく、あったのだ。鬱屈する胸の深くに、爽やかな風を入れたい……。

「旅人は誰でも心づくべきことである。頂上に来て立ち止ると必ず今まで吹かなかった風が吹く。テムペラメントがからりと変る」（柳田國男「峠に関する二、三の考察」）

「テムペラメント〔気質、気性〕」？　しかるにそれがいかように「変る」ことになったものやら。さて、高雄山へ、「玄境」へ。行き帰り子規と同じ琵琶滝コース。「茶亭にて馬車に別れ、これより登り三十八丁」

以下、ここから「三日幻境」の該当箇所を端折ってみたい。あらかじめいっておく。これがなんともへんてこな尻切れトンボ擱筆になっているのである。それはいかがなことか。

頂上にのぼり尽きたるは真午《まひる》の頃かとぞ覚えし、憩所《やすみどころ》の涼台《すゞみだい》を借り得て、老畸人と共に縦《ほしい》まゝに睡魔を飽かせ、山鶯《うぐひす》の声に驚かさるゝまでは天狗と羽《は》を并べて、象外《しやうがわい》に遊ぶの夢に余念なかりき。

†

この山に鶯の春いつまでぞ

とはわがねぼけながらの句なり。老畸人も亦たむかしの豪遊の夢をや繰り返しけむ、くさめ一つして起き上《あがり》たれば、冷水《ひやみず》に喉《のんど》を湿《う》るほし、眺めあかぬ玄境にいとま乞して山を降れり。

琵琶滝を過ぎ、かねて聞く狂人の様《さま》を一見し、かつは己れも平生の風狂を療治せばやの願《ねがひ》ありければ、折れて其処《そのところ》に下《くだ》るに、聞きしに違はず男女の狂人の態《さま》、見るもなかくに凄《すご》くあはれなり。そが中《なか》には家を理《り》するの良妻もあるべく、業《わざ》に励むの良工もあるべし、恋のもつれに乱れ髪の少女《をとめ》もあらむ、逆想に凝《こ》りて世を忘れたる小ハムレットもあらむ。

われを見ていづれより来ませしぞと問ひかけたる少年こそは、狂ひて未だ日浅き田里《でんり》の秀才と覚えたり、世間真面目の人、真面目の言を吐かず、却《かへ》つてこの狂秀才の言語、尤も真意を吐露すらし。われは極めて狂人に同情を有するものなり、かつて狂者それがしの枕頭にあること三日、己れも之に感染するばかりになりて堪《た》へがたかりし事ありしが、今も我は狂人と共に長く留まる事能はず。琵琶滝はさすがに霊瀑なり、神々しきこと比類多からず、高巌《かうがん》三面を囲んで昼なほ暗らく、深々《しんく》として鬼洞に入るの思ひあり、いかなる神人ぞ、この上に盤桓《ばんくわん》してこの琵琶の音《ね》をなすや、こゝに来てこの瀑にうたれて世に立ち帰る人の多きも、理《ことわり》とこそ覚ゆるなれ、われは迷信とのみ言ひて笑ふこと能はず。
こゝを立ち去りてなほ降《くだ》るに、ひぐらしの声涼しく聞えたれば、
日ぐらしの声の底から岩清水
この夜は山麓の羈亭に一泊し、あくる朝連立《つれだつ》て蒼海を其居村に訪ひ、三個《みたり》再び百草園《もぐさゑん》に遊びたることあれど、記行文書きて己れの遊興を得意顔に書き立つること平生好まぬところなれば、こゝにて筆を擱《かく》しぬ。
（明治二十五年八月）

†

さて、琵琶滝である。透谷、ここにきて大きく頁を割いておよぶ。ここは前章でも寸描したが、現在も観光的ならぬ、滝行の修行場である。そのいっぽう、「高さ一丈余、其水清冷にして能く神経病を癒するの効あり」（高頭式《たかとうしょく》『日本山嶽志』）、とされること。そのさきには神経病の滝療治の治療場ともされた（それもあって現在なお高尾山麓周辺には精神科病棟や同種施設多くあるものか）。

子規は、ここにいたって立ち止まってはいる。しかしなぜか子規にはこの滝をめぐっての描写がないのである。しかも往還とも一語たりも。子規、あるいはこのとき病者らのことなど気にするには心身ともにすこぶる健やかすぎるきらいで通過してしまったものか？

ついてはこの透谷の高尾行から七年あとのことだ。ここがいかなる処ではあるのか、明治三十二（一八九九）年十一月、当山に遊んだ文人紀行家、大町桂月が、つぎのように書きおよんでいる。

「狂人の病、おのづから癒ゆとて、夏は狂人の来たること、太《はなは》だ多しといへり。小屋の側を過ぎゆけば、長さ一丈あまりなる飛流、断崖にかゝれり。之を琵琶滝と呼ぶは、滝壺の形、琵琶に似たれば

なりともいひ、また狂人夜四更を期して滝にかゝるに、此時滝の音琵琶の如く聞ゆればなりともいふ。あはれ、天公、世にすてられたる狂人の為に、とくに音楽を奏して之を慰藉せんとする乎」(「高尾の紅葉」)

なんともなるこの桂月のそれはおいて。正直ときに「己れも平生の風狂を療治せばやの願ありければ」という透谷。ときにほんと思いがけなくも、「少年」のふいの、「いづれより来ませしぞ」、との一言、それにしんと立ちつくすこと。

ひょっとして、その真摯な顔貌に自身を幻視した、のではないか? 「この狂秀才の言語、尤も真意を吐露すらし」。いやこの偶感、まことに、首肯できよう。「この狂秀才」、すなわちそのまま、自画像なる?

†

というところでそうである。「これがなんともへんてこな尻切れトンボ擱筆になっているのである」。さきにいったそのことである。

いやどうしても首を傾げざるをえない。そうそれはこの紀行のほんとまったく唐突きわまりない尻切れぶりようである。まあわからんわと頭を抱えるほかない。

「この夜〔七月三十一日〕は山麓の羈亭に一泊し、あくる〔八月一日〕朝連立て蒼海を其居村に訪ひ、三個再び百草園に遊びたることあれど、記行文書きて己れの遊興を得意顔に書き立つること平生好まぬところなれば、こゝにて筆を擱しぬ」

などとはどんなものだろう。あえていうならばここのこのとき八月一日こそもっとも意を尽くして想いを綴ってしかるべき最濃厚なところでこそあるはずなのに。わからないのったらない。ついては二十八日夜のあの國三郎翁との一晩完徹におよぶ、なんともあの七年の長き苦悶に喘ぎながらも、こもごもする闊達なる句の遣り取りを想起されたくある。

だってそうだろう。そんな「記行文書きて……」「平生好まぬ……」なんて。ないのではないか。するとどんなあれだろう。ここにきておかしないいかただが、ひょっとしてときに透谷とかの「狂少年」がふと共振するようなあんばい、そんなにもなってしまったあまり。とてもでないが「この夜は」以下のことにおよべなくなり突然「筆を擱しぬ」となったのでは？　というふうにみられないか。そうしてときにふと狂の終わりとすべき死の誘いをおぼえていたと……。

死こそ物の終りなれ、死して消ゆるこそ、／死すればこそ、復た他の生涯《いのち》にも入るらめ。／来れ死！　来れ死！

（「蓬莱山頂」／『蓬莱曲』）

†

それはさて、かくしてときはすぎること。「三日幻境」なる交歓行から三年有余。いかがなることがあった、果てであろう。

北村透谷。文学の先駆、最初の詩人。そうしてそこにいま一つくわわることに。じつはこの最初の詩人は近代文学者の自殺の先駆にもなると。ほんとうそれはなぜの挙ではあったろう。

しかしこれが不明なのである。いったいどうして彼は自らを殺すことになった。なにがあってそんなにまでして果てなければならなかったものか。もとよりこちらは広く深くは読んではいない。あまりにも子細にしていない。
ここでまずもって透谷の痼疾とれされる、いわゆる脳病の症状にふれるべきだろうか。明治十五（一八八二）年春、十三歳、小学校卒業後、漢学塾に入塾するも馴染めず、政治情勢や政府への憤慨、また母の抑圧から「悩乱」し、「気鬱病」に罹ると。最初の病の記述がある。透谷、ひょっとすると、ときにあの「狂秀才」と同年齢ぐらいでは、なかったろうか（参考①）。
それにここまで再三言及してきた明治十八年五月の運動離脱後のひどい症状亢進のことはどうだ。さらにその二年後にあきらかな「〔北村門太郎の〕一生中最も惨憺たる一週間」のあまりなる病事態のありよう。ここらをみるにつけても透谷の脳病は相当な重患でなかろうかとなるのでは。そんなところに訃がもたらされるのだ。
明治二十六（一八九三）年、二十四歳。八月、透谷、フレンド女学校の教え子、富井まつ子死去。享年十八。まつ子は透谷の詩文を読み、ひそかに好意を寄せていた。むろん透谷も冷静でない。九月四日の日記にある。

……余は余が精神の当を失しつゝあるを知るものなり。

（「透谷子漫録摘集」）

……この恨み、この悲しみを何が故の恨み、何が故の悲しみぞと問ふも、蝶の夢は夢なればこそ覚め、虫の音は秋なればこそ悲しきなれ、と答ふるの外に答なきに同じ。嗚呼天地味ひなきこと久し、花にあこがるゝもの誰ぞ、月に嘯くもの誰ぞ、〔略〕相距ること二十余日、天と地の間に於てこの距離は幾何ぞ。

（「哀詞序」／「評論」十二号　明治二十六・九・九）

またここにきてラブで結ばれたミナと透谷の家庭はいまや破綻の危機に瀕してしまっているのである。このいつか夫は妻に心中を迫ったという。しかし二歳の娘英子の母ミナは拒否したと。同夏、旅先からのミナ宛書信にある。

われ思ふ、きみ《半身》既に婚して夫に合すれど、半身夫の物にして、半身然らず、〔略〕御身に如何程の愛ありて、斯くわれを責むるぞ。われをして中道にわが業を停めしめんとの愛にてか。詩人偉人の妻は他と異れり、われもまた他の夫と異るを知る。〔略〕記憶せよ、きみ今は病苦の人の妻なるを。

（「北村ミナ宛書簡」明治二十六・八下旬　花巻より）

†

同晩秋、透谷、終りしまいの詩にあたる、「露のいのち」を書いている。

待ちやれ待ちやれ、その手は元へもどしやんせ。無残な事をなされまい。その手の指の先にても、これこの露にさはるなら、たちまち零《お》ちて消えますぞえ。

吹けば散る、散るこそ花の生命とは悟つたやうな人の言ひごと。この露は何とせう。咲きもせず散りもせず。ゆふべむすんでけさは消る。

草の葉末に唯だひとよ。かりのふしどをたのみても。さて美《あま》い夢一つ、見るでもなし。野ざらしの風颯々と。吹きわたるなかに何がたのしくて。

結びし前はいかなりし。消えての後はいかならむ。ゆふべとけさのこの間《ひま》も。うれひの種となりしかや。待ちやれと言つたはあやまち。とく〳〵消してたまはれや。

（「文學界」第十一号　明治二十六・十一・三十）

どうしてか、わからない。いったいぜんたいこの希死念慮のつよさといったら。ほんとうに、なにゆえに。

最初の詩人、いやその早すぎよう、最期の一篇。ことはこの国に生まれた天才すべての逃れ得ない宿命であるのか。それを東洋的境地というものもいるし、さらに仏教的諦観とするかもしれない。それはさてそのしまい水墨の一幅をしのばせるような、しんとしずまりかえる叙景を救済とするしかないとは……。

明治二十六（一八九三）年十二月二十八日、深夜。透谷、芝公園の自宅二階の物干し場にて短刀で喉を突いて自殺をはかる。さいわい傷は急所を外れて未遂に終わったと。だけど「我が事終れり」として、これよりのち筆を執ることはなかった。

明治二十七（一八九四）年、「五月十五日の晩は好い月夜であつた」（島崎藤村「春」）。このとき円《まど》かな月に誘われたか。

五月十六日暁暗、武蔵野的人士、透谷、庭の樹にぶら下がり揺れた。享年二十五。

付記。昭和五十二（一九七七）年、八王子市上川町東部会館脇に、透谷と國三郎の親交を記念して「幻境の碑」が建てられた。前記「三日幻境」引用文中に「翁未だ壮年の勇気を喪はざれど、生年限りあれば、かねて存命に石碑を建つるの志あり、我が来るを待ちて文を属せしめんとの意を陳ければ、我は快よく之を諾しぬ」の記述あり（参考②）。

なお「幻境の碑」の近くに、修験の山・今熊山《いまくまさん》（五〇五・七メートル）がある。古くから「武州呼ばわり山」として名高く、行方不明者や失せ物を尋ね出すことが出来る霊験のある山として知られる。当方、ここに遊ぶたびに透谷と國三郎と大矢のお出ましを祈っている。

ついでながら山仲間のいうところ。『蓬萊曲』の蓬萊山について今熊山の「呼ばわり山」伝説がモデル。なんぞという新学説もあるのだと。学究の研究を待ちたい。

ついては詮無いことだが。透谷、いま一度、國三郎翁を当地に訪ねておれば、非業の死を遂げていなかった。そのときどきそのように思われてならないのである。合掌。

「幻境」、むろん辺境的なりだ。

【参考】

①をさらばなり、をさらばなり。

是の如きもの我牢獄なり、是の如きもの我恋愛なり、世は我に対して害を加へず、我も世に対して害を加へざるに、我は斯く籠囚の身となれり。我は今無言なり、膝を折りて柱に凴《もた》れ、歯を咬《か》み、眼を瞑《めい》しつゝあり。知覚我を離れんとす、死の刺《はり》は我が後《うしろ》に来りて機《をり》を覗へり。「死」は近づけり、然《しか》れどもこの時の死は、生よりもたのしきなり。我が生ける間の「明」よりも、今ま死する際《きは》の「薄闇《うすやみ》」は我に取りてありがたし。暗黒！　暗黒！　我が行くところは關《あづか》り知らず。死も亦た眠りの一種なるかも、「眠り」ならば夢の一つも見ざる眠りにてあれよ。をさらばなり、をさらばなり。

（「我牢獄」）

②「幻境　秋山國三郎・北村透谷親交の地」碑文

ここ南多摩郡川口村字森下は、明治の天才詩人北村透谷が、わが希望の故郷とよび秋山國三郎翁を慕い、四度訪れし幻境の地なり。

「わが幻境は彼あるによりて幻境なりしなり。世に知られず人に重んぜられざるも胸中に万里の風月を蓄へ、綽々余生を養ふ、この老侠骨に会はんとする我が得意は、いかばかりなりしぞ。」

（明治二十五年 透谷「三日幻境」より）

竜子　秋山國三郎は多摩の名望家中屈指の文人なり。演芸、刀剣、俳諧の道に通じ進取自由の思想を愛し、秋山文太郎、秋山林太郎、小谷田元一、斎藤虎太、乙津良作、小野内蔵太、大矢正夫らを薫陶してその志を伸ばしむ。義太夫の門人また百を下らず。その侠気、高風、敬慕する者甚だ多し。よって後進相集い、永く翁の人徳を顕彰せんとす。

昭和五十二年五月十五日

秋山國三郎顕彰会
文　歴史学者　色川大吉

# 第三章　彷　若山牧水「武蔵野」

東京に居る人はいま郊外に出て見るが好い。晴れ切つて微かに霞んだ地平線の方に国境の連山が更にかすかなむらさき色を帯びて浮び出てゐるのを見るであろう。そして、久しく忘れてゐた底の〳〵胸の動悸を感ずるであらう。日はうらゝかに哀しく、地は行くに従つて優しさに燃え、木といふ木、林といふ林は宛《さなが》ら各自の魂の煙つてゐるかの様に到る所秋の光に煙り立つて居る。

（若山牧水「秋乱題（その一）」／『旅とふる郷』一九一六）

国木田独歩「武蔵野」。

このささやかな小篇が日本人に新しい自然観を提示した意義は大きいものがある。独歩は、わたしたちを武蔵野の樹林へ誘って、わたしたちに武蔵野の魅惑を説いた。そうしてその言外で保全の大切さにおよんだ。

いったいこれまでどれだけ多くの人がこの著を繙いてきたことだろう。ついてはここでは取り上げないが「武蔵野」を新しく読み解くことから、わたしらの同時代の優れた論客・柄谷行人が『日本近代文学の起源』（一九八〇）を問い、それを踏まえ故・加藤典洋が『日本風景論』（一九九〇）を遺してもいる。

それはしかしどうか。いまもなお清新な問題を提起しやまない、独歩の自然哲学、そのおおもと根幹の精神の継承はとなると？　どんなものであろう。ことあらたにここで問うてみると、ひらたくいって多く論題として正面から扱っていないようで、どこかお座なりぎみであるのでは。

若山牧水。ところで、このことに関わって真っ直ぐにこの人の名を挙げるのは、おかしいか。牧水、旅と酒の歌人。それこそもっぱら世間にひろく通っている牧水のイメージだろう。「白鳥は哀しからずや……」「白玉の歯にしみとほる……」、みなさん誰もが唇にした歌であろう。

しかしなぜまたここで牧水なのであるか。それはほかでもない、牧水が独歩に傾倒、しつづけたからである。いやじっさいほんとう一途だったのである。ここであらためて冒頭引用の一節をとくとみられたし。これはもうほとんど独歩そのものであるのでは？　牧水、それほど独歩を信望しつづけ、もっぱら何を学んだか。それはひとえにさ迷うことであった。

彷徨者《ザ・ワンダラー》、牧水。じっさいまったく気のむくままといおう。丘も、野も、だだっぴろい武蔵野のはしっこまで、山も、川も。どこもかしこもさ迷いまわっているようだ（それとは逆に都心についてとなると、ほとんど無縁に近いといってよかったが）。

独歩の申し子、牧水。そこでいまそのさ迷いようを辿るとどうか。ひるがえって現今の武蔵野が抱える自然問題を解く端緒となりそうな。そのような鍵がどこかに潜んでいるのでは。そんなふうにいっても大風呂敷でもなんでもない。

草鞋《わらじ》よ／お前もいよいよ切れるか／今日《けふ》／昨日《きのふ》／一昨日《をとつひ》／これで三日履《は》いて来た／／履上手《はきじやうず》の私と／出来のいゝお前と／二人して越えて来た／山川のあとをしのぶに／捨てられぬおもひもぞする

／なつかしきこれの草鞋よ　（「枯野の旅」／『樹木とその葉』一九二五）

ここからこの「履上手」のさ迷い人牧水の歩みを、その背を追い草鞋跡を辿っていくことにしよう。いやだがその前にどうして草鞋であるのか問うてみよう。当方、このことに関わってさきに書いている。

「古い旅装の写真が残る。下から草鞋、脚絆、股引、着物は尻はしょり。洋傘を背におおい、頭に鳥打ち帽。〔略〕腰には旅の必需品を一切合財納める合財袋なる黒っぽい袋。なかには財布、煙草、地図〔参謀本部謹製五万分の一図〕、磁石、梅干〔腹下しの薬代わり〕、酒筒〔必携〕などなど。このとおり生涯一貫しつづけた。／だけどどうだろう、この格好はというと、たとえば洋靴がときの主流になっておれば草鞋へのその固執なんぞは、あまりにも旧弊すぎ、といぶかられるか。しかしそこにこそ、濡草鞋（参考①）よろしい気骨というか心意気、ありとみられよう。あえていえば、西行に芭蕉に連なる墨染の漂泊の徒、たらんという」（拙著『ザ・ワンダラー　濡草鞋者　牧水』）

子規曰く、山水、ならず、馬糞。牧水倣い、洋靴、ならず、草鞋。

それではこれから「履上手」は牧水の草鞋跡をなぞってゆくとしよう。それにはそのさ迷いをつぎの四つの挙にわけて近づくがいいか。

一つ、少年牧水「天然ノ美」宣言
一つ、牧水版「武蔵野」
一つ、「みなかみ紀行」
一つ、「千本松原問題」

†

一つ、少年牧水「天然ノ美」宣言。

若山牧水（明治十八／一八八五〜昭和三／一九二八）、日向の国、宮崎県東臼杵郡坪谷《つぼや》村（現・日向市）に、父医師立蔵《りつぞう》、母マキの長男に生まれた。本名・繁。

明治二十九（一八九六）年、十一歳。坪谷尋常小学校卒業、村に上級校がなく四十キロ離れた延岡高等小学校に入学。それであるいは高等小学校生牧水も独歩の「山林に自由存す」の記念碑的フレーズを、「をちかたの高峰の雪の朝日影／嗚呼山林に自由存す」、とひとり唇に郷里の山林をさ迷ったのでないか。そのように思いたくある。だけどどうやらこの時分に彼が独歩を読んでいたふしはない。しかしながら、いうならば時と処を離れた二つの魂が遠く呼び交わすような、こともあって？

明治三十五（一九〇二）年、十七歳。牧水、延岡中学校三年生、なんとじつにこの春休み坪谷に帰省した折、彼は郷里の山河に宣誓しているのである。いやこれがほんとう素晴らしいものだった。それこそどういうか、山林自由宣言、よろしくあるほども。

尾鈴ノ山、坪谷ノ谷、霞ノ衣ヲ翻シテ吾レヲ迎フ、アハレ山ヨ谷ヨ、希クバ吾レニ好伴侶タルヲ許セ、翌ヨリハ、汝ヲ師トシ、友トシ、天然ノ美ニ酔ヒ、天然ノ美ヲ謳ハムカナ。

（「日記」明治三十五・三・二十六）

「尾鈴ノ山」、尾鈴山《おすずやま》（一四〇五メートル）は、日向を代表する名山。北東に神陰山《かみかげやま》（一二七二メートル）、南に矢《や》筈岳《はずだけ》（六八七㍍）などの支峰を従えた尾鈴山地を構成する。「坪谷ノ谷」、尾鈴山を源流とし、日向灘に流れ下る耳川流域の渓谷の一つ。

どんなものだろう、すでにここにのちの牧水の美質のすべて、歌とそして人となりを、たくまず見事に表現しきっているとみられる、そのようではないか。どういうかこの、まったき「天然」なるさま、といったらどうだ。

牧水、はたしてこののちもかわらず生涯の終わりまで、ずっと、まったき「天然」を貫きつづけることができたろうか。

ふるさとの尾鈴《をすず》の山のかなしさよ秋もかすみのたなびきており　（『みなかみ』一九一三）

†

一つ、牧水版「武蔵野」。

明治三十七（一九〇四）年、十九歳。四月、早稲田大学文学科高等予科入学。八月、脚気を患い転地療養を兼ね、市外玉川村瀬田（現・世田谷区二子玉川周辺）の内田方の離れに一ヶ月余り世話になる。それはただもうひたすら玉川（多摩川）を体感したくてならないからだ。

牧水、かくして独歩の「武蔵野」を携えること、もう存分に玉川堤を中心に武蔵野歩きを満喫する。初めて玉川に迎えた朝の景色が美しい。そして嬉しげだ。

机の前には、竹、杉、棕櫚の木立ありてその下、水流れたり。／露ふみて田圃さまよふ。広き

〳〵武蔵野の、目もはるに草しげりて、里なればや早や秋のにほひは、そこはかとなくみちわたれるなり、あな心地よと幾度びかつぶやきつ。〔略〕うた、面白うよみいでられつ、心地よければにや。／病かはりなし。

（「日記」明治三十七・八・十七　晴）

夕、玉川の岸をさまよふ。千くさの色に染まりゆく雲、見渡す限り野は大いなり、紫凝つて動かぬ富士、竹林桑畑、水痩せて崇いかなわが多摩河辺の秋。／朝、霧ふかうこめたり。

（同・八・二十一　晴）

内田さんの一家はみな心優しかった。村人らとも仲良くなった。しかしながらはや、玉川との別れの前夜、となっているのだ。

昨宵夜通しに吹き荒ぶ風、あたりの樹々にすさまじき音たてゝ、なか〳〵面むくべくもあらず、恐はや〳〵慄へき、あゝ、玉川の神、さまでにわれになごり惜しみてか。玉川の水濁りて河原に溢れたり。

（同・九・十七　風雨）

いやどういったらいい、ほんとなんという、多摩川賛歌、ではないだろうか、ちょっとないような。このことの繫がりで浮かんでくる歌がこれだ。

山にあらず海にあらずただ谷の石のあひをゆく水かわが文章は

（「序歌」／『樹木とその葉』）

なんともいまさらながらこの、達意の文章のそれこそ舌の上を転がるような流露に感心、いたくさせられることとったら。まったくもってこの快い調べはというと、「天然」、こればかりは持って生まれたものなのだろう。もっというならば郷里の山谷を駆け巡る少年に自然に備わったものなのでは。

牧水、しかし貪欲である。くわえてこのときの「日記」を土台にして小品を発表しているのである。敬愛しやまない独歩にあやかり、題名もズバリ「武蔵野」。ここに摘録しよう、できれば全文引きたいが、これが素晴らしい。まずはとくと御覧なられたし。

†

生国は九州、筑紫の山脈《やまなみ》こゝに猛りて天に沖し地軸に降る山の国日向の奥よ、前なる滝の水を汲み裏なる森の枯柴折り焚いてわが産湯は使はれたのであつた。さればぞ、峰より出でゝ峰に入る春の日影の短きを恨み、秋の夜を長いものとは真丸な月見も果てゞいとゞしく、〔後略〕

（「延岡中学校友会雑誌」明治三十九・三）

なんぞとその冒頭、校友会雑誌というので衒いもあってか一種戯作調、口上ではじめる。牧水の郷里、坪谷は、日豊本線は日向市駅から車で一時間近い、僻村だ。牧水、われは日向の山賤という、挨拶。そんなやからが武蔵野散策にまいろうという。

「武蔵野の美はたゞ其縦横に通ずる幾千条の路を当《あて》もなく歩くことに由《よっ》て始めて獲《え》られる」と国木田独歩氏もその著作のうちに書いた。いで今吾人は其一つを選んでこの美の国の草深うわけ入らうと思ふ。

〔略〕

武蔵野に足を入れて先づ驚かさるゝはこの杜、寧ろ木立の多いことで「昔の武蔵野は萱原の果てなき光景を以て絶類の美を鳴らしてゐたやうに云ひ伝へてあるが今の武蔵野は林である」独歩氏も既に言うて居る。実にこの杜こそは武蔵野の眉である、美しい涼しい瞳である。

〔略〕

見渡す限り天地たゞみどり、嵐に青葉の浪うねつて里の煙の二すぢ三すぢうす紫にたなびけるも愛らし。その浪の中思はぬかげから白帆が生るゝ、なるほどその上日に輝いて金蛇のやうな川が続いて居る。また生るゝ、また生るゝ。小石多きその坂の木蔭に沿うてとろ〳〵と降れば岡の麓一段草木のむら茂りて長う続けるに出会ふ。茸や鈴虫や野葡萄、それらのものをたづねて其処に近寄らばせせらぎの声かすかに涼しき香の身に迫るを覚ゆるであらう。そこは堤、武蔵野何百万石の五穀はこれに頼つて養はれて居るのである。

なんと素晴らしい描写ではないか。いまこれを本家の「武蔵野」と併読してみたら。すでに牧水らしい彷徨ぶりを感受されるだろう。牧水、ことほどさよう独歩を敬愛しやまなかった。そしてそのあかしのように武蔵野探訪にいそしみつづけやまないこと、こののちなおいっそう足繁くすることになるのだ。

†

明治三十九（一九〇六）年四月、多摩丘陵の百草園《もぐさえん》に数日滞在。十月、早稲田同窓の歌人土岐善麿と、百草園、高尾山、御岳、大岳など三泊の行脚。これからことに百草園を足場に周辺域をへめぐるしだい。

立川の駅の古茶屋さくら樹《ぎ》の紅葉《もみぢ》のかげに見おくりし子よ　（『海の声』一九〇八）

明治四十一（一九〇八）年四月、なかでも夫も子供もある謎の恋人・園田小枝子（参照・大悟法利雄『若山牧水伝』）を伴って園内の茶屋に逗留した百草園行は知られる（翌四十二年六月〜七月に再び百草園を訪れ、歌集『独り歌へる』を編集、同園で詠った作品を四十三首収録している）。しかしながらこの逢瀬からほどなく関係がおかしくなる。小枝子との間がもつれて、絶望的な苦しみがつづく。

山奥《やまおく》にひとり獣《けもの》の死ぬるよりさびしからずや恋の終りは　（『独り歌へる』一九一〇）

恋の終わり。そんなところに訃報がとどいている。同年六月、国木田独歩、死去。享年三十七。牧水、「独歩氏を悼む」。

いづくよりいづくへ行くや大空《おほぞら》の白雲《しらくも》のごと逝きし君はも　（『別離』一九一〇）

仰《あお》ぎみる御そら庭《にわ》の樹《き》あめつちの冷《ひやや》かなりや君はいまさず　（同）

どうだろう、まるで恋する人を亡くした歌みたい、ではないか。さらにまた以下の書簡をみられよ。「独歩集はい丶でせう、くりかえし読んで下さい、〔略〕そして石のやうに固く、水のやうに柔らかに、火のやうに熱く、氷のやうにひやゝかなそして永劫尽くる無き大自然の面影、こゝろもちを味つて下さい、／私は独歩先生に由つて僅かながらも「われ」といふものゝ存在を知らむと志し、「自然」といふものゝ消息をうかゞはむと思ひ立つを得たのです、私はそれを無上の幸福と存じてゐます」（石井貞子宛　明治四十二・五・二十二）

「自然といふものゝ消息をうかゞはむ」。牧水にとって、まことにそのモデルこそが武蔵野というトポスでこそあった。というところで脚を止めてみたい。それはそう、東京に住みながらほとんど東京の歌がみられないという、ことである。ランダムに挙げてみよう。

人どよむ春の街ゆきふとおもふふるさとの海の鷗啼く声　（『海の声』）
身もほそく銀座通りの木の蔭に人目さけつつ旅をおもひき　（『路上』一九一一）
夕ぐれの街をし行けばそそくさと行きかふ人に眼も鼻も無し　（『独り歌へる』）
われと身のさびしきときに眺めやる春の銀座の大通りかな　（『砂丘』一九一五）

「街」と「銀座」を詠む四首を選んだ。しかしながらいかがなものか。前の二首、雑踏する「春の街」で「鷗啼く声」をおもい、「銀座通り」で「旅をおもひき」という。後の二首、ただもう都市の孤影が際立つばかり。「行きかふ人に眼も鼻も無し」。まさに、心ここ都心に有らず、なりだ。それでこのことのつながりで周囲をみたらどんなぐあいか。ここで挙げるべきは「パンの会」であろう。

「パン」はギリシァ神話に登場する牧神。「パンの会」は、明治末の二十代気鋭の文芸・美術家の懇談会。詩人・歌人の北原白秋、木下杢太郎、吉井勇らと、画家の石井柏亭、山本鼎、森田恒友ら、また帰朝組の高村光太郎、上田敏や永井荷風らも参会。隅田川をパリのセーヌ川に見立て、河畔の西洋料理店に集まり交歓した。

とまれその代表的作品の一つ白秋の詩「銀座の雨」をみられよ。これがいかに牧水と似つかわしくない華美の景であることか。

黒の山高帽《やまたか》、猟虎《ラッコ》の毛皮、／わかい紳士は濡れてゆく。／蝙蝠《かうもり》傘の小さい老婦も濡れてゆく。／……黒の喪服と羽帽子《はねばうし》。／好いた娘の蛇目傘《じやのめがさ》。

（『東京景物詩』一九一三）

「パンの会」、ここに牧水の名前はない。あっていいはず、いやむしろ、あるべきところ、なのだけど。なぜないのか、はっきりと、それはお呼びでない、そんなこと、だからである。牧水はというと、「街」とも、「銀座」とも、無縁なままだと。

友もうし誰とあそばむ明日もまた多摩の川原にてあそばなむ

（『路上』）

水むすび石なげちらしただひとり河とあそび泣きてかへりぬ

（同）

さてどんなものではあろう。さ迷い人はというとほんとうそんな、もうそれこそ片時もじっとして、落ち着いてはいられないのである。うべならうほかないのではないか。さ迷い人はただひたすらに、旅の空にありたいのである。

多摩川
行くべくばみちのくの山甲斐の山それもしかあれ今日は多摩川
（『白梅集』一九一七）

†

一つ、「みなかみ紀行」。

私は河の水上《みなかみ》といふものに不思議な愛着を感ずる癖を持つてゐる。一つの流《ながれ》に沿うて次第にそのつめまで登る。そして峠を越せば其処にまた一つの新しい水源があつて小さな瀬を作りながら流れ出してゐる、といふ風な処に出会ふと、胸の苦しくなる様な歓びを覚えるのが常であつた。
（『みなかみ紀行』一九二四）

大正十一（一九二二）年、三十七歳。十月から十一月、牧水は、信州・上州・下野の三国を巡り、利根川の支流、吾妻川から片品川を遡り、源を探る二十四日間の旅に出る。のちに「みなかみ紀行」として綴られる行脚である。いわずもがなもとより利根川の源のありようを遡ることは、そのまま武蔵野の成りたちを探ることにつながる。ここでは当紀行に沿うかたがた牧水の独歩精神を一途なまでも貫く記述をみたい。

処は吾妻川の奥。近時、竣工なった八ッ場《やんば》ダムの上流。目を疑う。

眼につくは立枯の木の木立である。すべて自然に枯れたものでなく、みな根がたのまはりを斧で伐りめぐらして水気をとゞめ、さうして枯らしたものである。〔略〕この野に昔から茂つてゐた楢を枯らして、代りにこの落葉松の植林を行はうとしてゐるのであるのだ。

楢を根絶やし、落葉松《からまつ》を植える。これが国営事業である? なんと帝国陸軍が満洲進出、鉄道敷設の枕木に落葉松が入用だとか。でそのなごりが、現今の軽井沢あたりの別荘地の樹影、というのである。白秋（牧水の親友だ）の詩で有名な。


からまつの林を過ぎて、／からまつをしみじみと見き。／からまつはさびしかりけり。／たびゆくはさびしかりけり。

（「落葉松」／『水墨集』）


どんなものだろう。そこらのことをこの詩を愛する者であれば少しは気に掛けていいのではないか。などとはおかしいいか。

啄木鳥と鷹
落葉松《からまつ》の苗を植うると神代振り古りぬる楢《なら》をみな枯らしたり

楢の木ぞ何《なに》にもならぬ醜《しこ》の木と古りぬる木々をみな枯らしたり

この怒り、この苦さ。これだけでじゅうぶん独歩の思想を具現しているのがわかろう。

日の光を遮つて鬱然と聳えて居る幹から幹を仰ぎながら、私は涙に似た愛惜のこころをこれらの樹木たちに覚えざるを得なかつた。（『みなかみ紀行』）

牧水は、樹を仰ぎ見て、涙を溜める人だ。そういえばたしか以前にもこんな吟詠があったものである。

木に倚れどその木のこころと我がこころと合ふこともなし、さびしき森かな（『死か芸術か』一九一二）

山に入り雪のなかなる朴《ほほ》の樹に落葉松《からまつ》になにとものを言ふべき（同）

牧水、こんなふうに「木のこころと我がこころと合ふ」ようにつとめ、「朴」や「落葉松」と、ともに語らんと試みるような人なること。というところで胸に突然こんな言葉が浮かんできていた。「或る時代までは人間と樹との親和力は失われていず、樹は、人間の内面に育ち、画家や詩人はまた樹の内部に立って、充分な地下水を汲みあげることができた。人間の孤独は荒地に立つ一本の樹に照応しえた」（武満徹「人間と樹」）

†

一つ、「千本松原問題」。

きのうきょうのはなし。めっきりと数の少なくなった武蔵野の雑木林をほっつき歩き思われること。どういったらいいのか。

武蔵野はほどなく、まったく雑木林とてない、武蔵野となるのでは。ぜったいできるかぎり多く雑木林を残そうとすべきでないか。というところでさいごは晩年の千本松原問題への没入についておよびたい。

大正十一（一九二二）年八月、牧水、田園生活に入るため、静岡県沼津町在楊原村上香貫《かみかぬき》（現・沼津市）に引越し。十三年八月、上香貫から千本松原に転居。松原の地は心躍る。鳥が囀るし、富士を正面に、浪が砕ける。

沼津千本松原
をりをりに姿見えつつ老松の梢《うれ》のしげみに啼きあそぶ鳥　（『黒松』一九三八）
鵯《ひよ》の鳥なきかはしたる松原の下草は枯れてみそさざいの声　（同）

昭和一（一九二六）年八月、静岡県が千本松原伐採処分を発表。この松の一本もぜったい伐らせはしまい。牧水、「沼津千本松原」と題する文章を新聞に寄せて反対運動を支える。

松は多く古松、二抱へ三抱へのものが眼の及ぶ限りみつちりと相並んで聳え立つてゐるのである。ことに珍しいのはすべて此処の松には所謂《いわゆる》磯馴松《そなれまつ》の曲りくねつた姿態がなく、杉や欅《けやき》に見る真直な幹を伸ばして矗々《ちくちく》と聳えて居ることである。

そしてこの松原であるが、よくある白砂青松ではない、そこにこそ特色ありだと。さらにもっと松原だけでなくバラエティのゆたかな樹木があるよし。

此処には聳え立つた松の下草に見ごとな雑木林が繁茂してゐるのである。下草だの雑木だのと云つても一握りの小さな枝幹を想像してはいけない。いづれも一抱へ前後、或はそれを越えてゐるものがある。

〔略〕最も多いのはたぶ、犬ゆづり葉の二種類で、一は犬樟《いぬぐす》とも玉樟《たまくす》ともいふ樟科《くすのきか》の木であり、一は本当のゆづり葉の木のやゝ葉の小さいものである。そして共にかゞやかしい葉を持つた常緑樹である。その他冬青木《もち》、椿、楢《なら》、櫨《はぜ》、楝《あふち》、椋《むく》、とべら、胡頽子《ぐみ》、臭木《くさぎ》等多く、楤《たら》などの思ひがけないものも立ち混つてゐる。而《そ》して此等の木々の根がたには篠《ささ》や虎杖《いたどり》が生え、まんりやう藪柑子《やぶかうじ》が群がり、所によつては羊歯《しだ》が密生してをる。さういふ所に入つてゆくと、もう浜の松原の感じではない。森林の中を歩く気持である。

（「時事新報」大十五・九・十四～十六）

かくしてこの牧水の力もあずかって、いまもなお松原は守られている。牧水は、じつになんとも弁士として「千本松原伐採反対市民大会」において熱弁をふるっている。だけどどうもその弁の熱さのわりに聴衆受けしなくて冷や汗ものだったとか。だがなにはともあれ松は伐られなかったのだ。しかしながらいま現在みられるそれは牧水の夢見ていたあるべき松原とはべつのものである。それこそかつての「森林の中を歩く気持」になれるそれとは。

沼津千本松原

時雨すぎし松の林の下草になびきまつはれる冬の日の靄　（『黒松』）
松原のなかのほそみち道ばたになびき伏したる冬草の色　（同）

いまはもう雑木はおろかここにある「下草」もありえない。であれば「冬草の色」も当然ないもの。あたりいったいすっかり綺麗に取り除かれ整地されてしまっているのだ。あまつさえ松原と海岸の間には堤防が築かれて景観は台無しとくる。

これまたそのまま武蔵野の自然問題といえるものなのだ。武蔵野をこれからのちも、そんな草木の一本もない、武蔵野にしてはいけない。

†

さいごしまいに、ここまでさ迷い歩いてきた武蔵野について牧水がいかに思いを寄せているか、みることにしよう。牧水、このようにその早い晩年に書いているのだ。

芒が刈られ楢《なら》が伐られて次第に武蔵野の面影は失せて行くとはいへ、まだ〳〵彼の野の持つ独特の微妙さ面白さは深いものである。彼の野をおもふと、土にまみれた若い男女をおもひ、また榾火《ほたび》の灰をうちかぶつた爺をおもひ婆をおもふ。かとおもふと其処にはハイカラなネクタイも目に見え、思ひ切り踵の高い靴のひゞきも聞えて来る。芒がなびき、楢の葉が冬枯れて風に鳴る。

　これらの野原がすべて火山に縁のあるのも私には面白い。武蔵野はもと〳〵富士山の灰から出来たのであるさうな。

（「自然の息自然の声」／『樹木とその葉』）


「芒が刈られ楢が伐られて」、失せて行く武蔵野の面影に想いを馳せ、つづけて以下のように綴っている。


　人は彼の樹木の地に生えてゐる静けさをよく知つてゐるであらうか。ことに時間を知らず年代を超越した様な大きな古木の立つてゐる姿の静けさを。

　独り静かに立つてゐる姿もいゝ。次から次と押し並んで茂つてゐる森林の静けさ美しさも私を酔はすものである。

　自然界のもろ〳〵の姿をおもふ時、私はおほく常に静けさを感ずる。なつかしい静寂《せいじゃく》を覚ゆる。中で最も親しみ深いそれを感ずるのは樹木を見る時である。また、森林を見、且つおもふ時である。

　樹木の持つ静けさには何やら明るいところがある。柔かさがある。あたゝかさがある。

　森となるとやゝ其処に冷たい影を落して来る。そして一層その静けさが深んで来る。森の中でのみ私は本統に遠慮なく心ゆくばかりに自分の両眼を見開き、且つ瞑づる事が出来る様である。

（同前）

牧水の武蔵野への想い。牧水の樹木への想い。あらためてそれを読んでいると、つぎのような詩がふいとばかり、おぼえず浮かんできている。

巨大なけやきやかしの木をめぐらし／背後に雑木林を従えた／わらぶきの農家が／まだ武蔵野には残っている／庭先に赤いスポーツカーがあったりするが／そこにはそこに住みつこうとした／無言の意志が残っている

†

しかしそれを告げるのは／もはや人間ではない／今では意志をもつものは／けやきやかし／ならやくぬぎである／そしてそれら意志をもつものは／日々に伐られてゆく

（黒田三郎「日日に伐られてゆく」）

黒田三郎（大正八／一九一九～昭和五十五／一九八〇）。戦後の詩人。昭和四十二（一九六七）年、練馬区上石神井の住宅公団の分譲住宅に転居している。でその頃は近くの石神井公園あたりは緑が多かった。でっかい樹木をめぐらした「わらぶきの農家」があった。そしてそんな、「庭先に赤いスポーツカーがあったりする」のをよくみた。

しかしそれがだんだんと伐採されてなくなってゆく。「日日に伐られてゆく」。いやそんなのではなくもはや日々のはやさでもってだ。

そこには家構えだけでなく、「そこに住みつこうとした／無言の意志が残っている」のだが、それは「もはや人間ではない」と。

「今では意志をもつものは／けやきやかし／ならやくぬぎである」。それなのにどうだ。あえなく樹木らは、「日日に伐られてゆく」、とめる手立てもなく。どうしようもなく。

当方、武蔵野市在、茫々、半世紀余。なんと近場の東八《とうはち》道路沿いの、「背後に雑木林を従えた／わらぶきの農家が」ほぼ皆伐全滅の現況という。

†

牧水の武蔵野への想い。牧水の樹木への想い。それはいま、わたしたちが同じいにひとしく胸にひめるもの、でこそある。

昭和三（一九二八）年、牧水、四十三歳。一月、「創作」新年号に載る随筆「流るる水（その二）」。ここにいたってなお深く武蔵野を想うことしきりだ。

ろくにまだ足もきかない癖〔前年夏頃より体調不良〕に、いや却つてそのためか、其処か此処か草履を履いて出歩きたい所が空想せられていけない。ぽかんとした頭のなかには幾枚かの地図がひろげられてゐるのだ。

とそうして幾つかの旅程を挙げるのだ。なかにこんな一枚の地図がひろがる。胸が塞ぐ。

八王子からは武蔵野だ。五日市（と云つたとおもふ）といふ風な野の中の宿場にも面白い所があるものだ。其処等を経て川越に出る。川越の在の或る村にはわが若山家の祖先〔祖父の健海、じつは「川越」ならず埼玉県入間郡富岡村（現・所沢市）生まれなり〕の出た所がある。若山姓もまだ残つてゐる。其処を訪ねたり、所沢の飛行場を見たり、東村山の貯水池を見物したり、またはもう一足延して野火止の方へ出て荒川の岸まで行くか。すべて其処等は武蔵野だ。今は悉く黒い畑と落葉林と木枯との世界だ。もう何年かわたしの行かずに居るなつかしい野原の国だ。（同前）

同年九月十七日、牧水、永眠。没後、発見された遺詠とされる、二首。

酒ほしさまぎらはすとて庭に出でつ庭草をぬくこの庭草を（『黒松』）
芹の葉の茂みがうへに登りゐてこれの子蟹はものたべてをり（同）

いやほんとなんという。「この庭草」「これの小蟹」。ふたつのよろしきこと。牧水の訃を多くの文士が深く悼んだ。なかで作家で歌人の岡本かの子の一文「牧水さん」を抜粋したい。

「然し何と云つても牧水さんは自然詩人であつた。たゞし西行とは異を感じる。西行は何処までも宗教的人生観を根底に持つて後に自然に向つた。牧水さんは自然と直面である。その間に何の思想も観念も介在しない。その点、西行よりより純粋な自然詩人であつたと思ふ。自然を御飯のやうに喰べた。お酒のやうに呑んだ。自然が用捨なく牧水さんに深流し傾倒し一致したのは当然である。牧水さんこそわが国古今唯一の自然詩人であると極言出来る。古今の大歌人に自然の秀歌がいくばくはあるにしても牧水さんほど徹頭徹尾自然と自家の歌を終始せしめた人は無い。〔略〕否、牧水さんこそとりもなほさず自然そのものであつたと云へる。自然の子であり親であり友であり同朋であり恋人である牧水さんが死んで日本の自然も淋しいことであらう」（「創作」若山牧水追悼号　昭和三・十二）

　若山牧水。武蔵野をこよなく愛し歩きつづけた「履上手」。いまにいう、自然保護《エコロジー》運動の先駆的存《パイオニ》在《ア》、でこそある。

【参考】

①「濡草鞋」

「濡草鞋を脱ぐ」といふ言葉が私の地方にある。他国者が其処に来た初めに或家を頼つて行く、それを誰は誰の家で濡草鞋をぬいだといふのである。その濡草鞋をぬいだ群が私の家には極めて多かつた。

　私の家自身が極く新しい昔に於て濡草鞋党の一人であつたのだ。それかあらぬか、私の村附近に入り込む者は殆んど悉く先づ私の家を頼つて来た。祖父は（その頃の事は話にしか知らないが）極めてのやかまし屋であつたところから、その時代には余りさうでもなかつた様だが、私の父はその反対に極く開けつ放しの、賑か好きの、客を好む質《たち》であつたので、来るものをば黒白選ばず歓迎した。〔略〕山師、流浪者、出稼者、多くは余り香《かんば》しからぬ人たちが入り替り立ち替りやつて来た。〔略〕

　母の朝夕の嘆きを眼の前に見てゐるので、理も非もなく彼等をよくない人たちだとは思ひながら、私は知らず／＼彼等他国者に馴附《なつ》いてゐた。彼等はまた方便として私を可愛がつて呉れたのであらうが、兎に角に私は自分の村の誰彼よりもさうした人たちをみな偉く、且つなつかしく思つてゐた。鉱山師の高橋さんといふ四国の人、私の村に興行に来て病気になり、其儘永い間私の家に留つてゐた何とか丸といふ旅役者、他人《ひと》の女房を盗んで逃げて来たといふ綱さん、自分で放つた屁《ひ》の臭ひを惶てて嗅ぐことを喜んだ何齋さんとか云つた旅医者、ゆでたての団子のさむるのを待ち兼ねていつも水に投げ込んで冷して食つた性急《せつかち》の高造爺、〔略〕いま思へば彼等はみないはゆる敗残の人々であつたのだ。そして私は彼等の語る世間話と、いつとなく読みついてゐた小説類とで、歳にはませて早くも世間といふものを空想することを覚えてゐた。ちやうどそれはをりをり山の頂上から遥かに光つてゐるものを望んで、海といふものを空想してゐたと同じ様であつたらう。

（「おもひでの記」）

仄暗く、うす青い岩の蔭に／フエルトづくりのやうな苔の巣が一つ。／巣の中では、淡紅をぼかした白い卵を五つも抱いて／大瑠璃が真剣に、夢見がちにうずくまってゐる。

〔略〕

日光のレースは美しく射し巣に入ってゐる。／岩清水のしたたりも程よく巣をば涼しくしてゐる。／やがて雛は小さい嘴で卵殻を横一文字に破って／母鳥に歓喜の叫びをあげさすだらう。

（中西悟堂「大瑠璃の巣」／『山岳詩集』）

武蔵野。ほんとうにその台地、丘陵はだだっぴろい。まずは草花、昆虫、鳥類などなど。さらに気象、地勢、鉱物などなど。びっくりものの発見、驚愕がいっぱいある。

武蔵野。おそらくは彼ほどにそこらをよく歩きまわった者はいまい。あっちの尾根から、こっちの河原へと、こっちの草地から、あっちの森林へと。じつにその人はというと誰あろうほかならぬ彼でこそある。

日本の野鳥研究の先駆者。鳥の詩人。鳥を愛でて生涯、鳥に捧げた鳥聖。

†

中西悟堂（明治二十八／一八九五～昭和五十九／一九八四）、石川県金沢市長町に生まれる。本名、富《とみ》嗣《つぐ》。祖父は加賀藩士。父親は、海軍軍楽隊教官だったが、悟堂の生後まもなく病死。母親は、悟堂を産んでほどなく何事あってか中西家を去っている。以来、行方不明、生死不詳。父の兄で中西家第十代の当主元治郎（仏徒として法名、悟玄）の養嗣子となり、東京の祖父母のもとに預けられる。早熟で三歳頃より四書五経を学び千字文を書写した。

明治三十三（一九〇〇）年、五歳（就学年齢前）、東京府麻布区飯倉町の小暮小学校に入学。発育不全で歩行困難のため、爺に背負われて登校した。九歳の年、秩父山中の寺に預けられ、百八日の坐行、各二十一日間の滝行、断食の行を修めたことで健康となり、このとき一種の透視力を体得したそう。それもだが悟堂にとって、この行の間に身の近くを飛び回る鳥に親しんだ、そのことが心愉しかった。

明治四十（一九〇七）年、養父と祖母とともに北多摩郡神代村（現・調布市）の祇園寺に移住、天台宗深大寺に預けられる。四十四年、同寺にて得度。経典を学ぶかたわら、トルストイや徳冨蘆花を愛読する。また歌作に目覚め内藤鋠策《しんさく》の抒情詩社同人となる。この間、天台宗学林（現・大正大学）、また曹洞宗学林（現・駒澤大学）にも学ぶ。

大正三（一九一四）年、十八歳。義理の妹と祖母を相次いで亡くし、放浪の旅へ。そうして帰京後しばらくたった大正五年のことだ。悟堂、多摩川に一ヶ月通い、チドリの巣を観察していて、ふしぎな鳥の姿を目にするのだ。

多摩川で始めて見て私には大層なショックだったのが、チドリの「擬傷」の習性でした。〔略〕河原にチドリの巣があって、巣立って間もない雛《ひな》が、巣のあたりにいる。そこへ人間が知らずに近づくと、親鳥は片足をあげ、片羽もあげて、片足をひきずるようなかっこうで人間の前を歩いていく。つまり怪我をした真似なんで、これをこんにち「擬傷」と言ってるんですが、とにかくそんな姿で歩いていく。妙な鳥がいると思って近づくと、やはりそんな姿で少しずつ逃げていく。

（『愛鳥自伝』）

悟堂、この不思議な行動に足を止めた。雛の命を救うべく身を挺して守る親鳥。母を知らない青年はそこに母の愛をみた。そうに違いない。このとき悟堂にとってチドリは母親であった。鳥のように気高くして、おのがじし慈しみ深くあること、鳥のように自由ならん。擬傷なる尊い行為。のちの鳥聖誕生の劇的出会いとなる。

また創作面では、この年、第一歌集『唱名』を刊行。さらに詩作に向かい都会の狂騒を謳う第一詩集『東京市』（一九二二）を上梓。ついで言葉の氾濫のそれから詩境を一転すること、自然への憧れを綴る第三詩集『武蔵野』（一九二五）を出版。ズバリ「武蔵野」と表題するこの一集であるが、ここではあえて無視し素通りすることにする。ほかでもなくご本人が以下のように片付け却下しておいでになる。なにはとまれ著者の意思は第一に尊重すべきだろう。

それは「『東京市』と対比させた『武蔵野』の題名の示す通り、素朴な田園詩ばかりだった」（『愛鳥自伝』）こと、戦前戦中を通して文部省の「国語教科書に採用されるくらいの詩だから、詩本来の立場から言えば、どこにも差障りのない凡作ぞろいだった」（同前）という。そこでそれを先年、当方、国会図書館デジタルコレクションで、実見、了解されたからだ〔『定本・野鳥記16』にも未収録〕。武蔵野。それはさて、じつにこの野は悟堂を魅了し離さなかった、しっかりと。

†

大正十五・昭和一（一九二六）年、三十歳。思想上の懊悩から、府下北多摩郡千歳村（現・世田谷区烏山付近）の野中の一軒家を借りて住み始める。これから三年半にわたり米食火食を断ち、木食《もくじき》採食の生活に入る。素焼きの土鍋ひとつ。主食は蕎麦粉、野草を塩揉み食した。風呂は川ですまし、夏は麦藁帽かぶりつづけ。木食生活で悟堂が口にしたのは蕎麦粉と大根、松の芽だけである。火を使っての料理はせず、蕎麦粉は水で練るだけ、大根は少しずつ歯で齧る、松の芽も生で食べた。悟堂、曰く、「富士山まで食料が続いている」。それはこんなにも凄まじいことなのだ。

つまり、ソバ粉と、大根と、松の芽が常食となったが、松の芽のほうは早朝の散歩がてらの食料で、午前四時か四時半に起きると、ぶらりと松林へゆき、そして小川へ廻ってその水を掬《むす》ぶ。戻るとソバ粉の玉で、これが朝食である。あとは夕食がソバ粉の玉と大根の根と葉だから、食事に費す時間はないも同然である。とにかく簡単至極だが、一日の食はこれで足りたし、〔略〕それ以上の食も欲しなかった。ただ野川へ水を飲みに行ったついでに、メダカも呑んでみたしオタマジャクシも呑んでみた。春の草の芽は柔かいので、これも食べてみたが、何でもなかったので、つい、蛙にも蛇にも手が出た。

（『愛鳥自伝』）

天気のよい日は、前の雑木林の一角に莫蓙を敷き、老子や荘子、仏教書、ソローの『森の生活』を耽読し、ホイットマンの『草の葉』の翻訳に没頭した。

またインドの詩聖タゴールに惹かれ、書簡を介し、当地に招かれるも果たせず。自ら望んでの土の暮らし。そこには篤い取り巻きもあった。悟堂、独特のオーラの持主だ（じっさいその能力の素晴らしさはのちの「日本野鳥の会」創立の経緯をみるにつけよく理解されるだろう）。

まずは当の家を貸したのが、武者小路実篤の「新しき村」の賛同者で一帯に家作を持つ米良《めら》重穂《しげほ》という。また近くに詩人仲間の尾崎喜八（明治二十五／一八九二～昭和四十九／一九七四）、アナーキスト・社会運動家の石川三四郎（明治九／一八七六～昭和三十一／一九五六）などがいて土を耕していた。

はじめに尾崎喜八をみよう。ここにこの文脈に格好の詩がおありだ。

水際においしげった赤楊《はんのき》には／野葡萄の青い蔓や葉がからみ。／どくだみの白い花と／露草の浅黄の花の咲いた草むらの裾を濡らして／小川がきょうも鳴っている、／ゆるやかな、底ぢからのあるヴィオロンセロの音で。／田舎の夕暮の／美しい空、美しい雲ですね。

〔略〕

麦打ちの済んだあとの、／金いろの麦の穂が散らばった農家の庭で、／若い百姓の女たちが筵をかたづけたり、／からだをはたいたりしている。／健康な生き生きした眼、太い腕。／黒くすすけた母屋の台所から／竈の煙が青あおと立ちのぼる。／暑い一日の熱心な労働がねぎらわれる時の、／美しい空、美しい雲ですね。

〔略〕

（水野實子に）

（「田舎の夕暮」／『空と樹木』一九二二）

ミレーの落穂拾い？　あたかもその光景を偲ばせよう、ちょっと白樺派的過ぎようが、いやこの二人の麗しさはどうだ！

尾崎喜八。高潔、孤独、克己……。いまもその詩と人となりを愛しやまぬ徒は少なくない。明治四十五（一九一二）年、二十歳、尾崎は、兄事する九歳年上の大先輩高村光太郎に伴われ、小説家水野葉舟《ようしゅう》を訪ねる。葉舟は、トルストイアンで、荏原《えばら》郡平塚村（現・品川区）の広大な土地を耕し理想とする田園生活を送っていた。

「夫人に先立たれた水野氏は、体の弱い独身の妹さんと男女三人の遺児と一緒に暮していた。〔略〕家の中の事を主婦のように取り仕切ってやっているのは姉娘で〔略〕この知的家庭の令嬢、このいわば農家か牧場の娘、その名は實子《みつこ》といい、年は僅か十五歳だった」（『音楽への愛と感謝』）

そのうち田園生活に憧れていた尾崎は水野宅近くへ移りすむ。水野は、文部省の教育方針を嫌い子供たちに通学させず、妹に勉強を教えさせた。だが彼女が結核で寝込むや、實子は、勉強どころか叔母の看病で忙殺される。はじめは實子に対する憐憫であった。けなげなる實子への思いはやがて恋情へと変わってゆく。

大正十三（一九二四）年、尾崎・實子結婚。御両人はというと、当今考えられない！　なんともこの地で田畑を耕し仕合せに暮らしたのだと……。

†

それではつぎに石川三四郎はどうしていたか。大正二（一九一三）年、日本を脱出、欧州各国を転々とし、労働者として生活。また詩人で社会主義思想家のエドワード・カーペンターらとの交流を通じてアナキズム思想を深める。同九年、帰国。デモクラシーを「土民生活」と訳し、農民自治会の運動などにも参画。昭和二（一九二七）年、千歳村（現・世田谷区）に住み、共学社を創立、自ら土民生活を送った。石川はこうも、宣明するのだ。

清い艶やかな蓮華草は、矢張り野の面に咲き蔽ふてこそ美しいのである。谷間に咲ける白百合の花は、塵埃の都市に移し植うべく、余りに勿体なくはないか。跫音《あしおと》稀なる山奥に春を歌ふ鶯の声を聞いて、誰か自然の歌の温かさを感じないで居られやう。然るに世の多くの人々が、此美しい野をも山をも棄てゝ、宛《さな》がら「飛んで火に入る夏の虫」の如く、喧騒、雑踏、我慾、争乱の都会に走り来たるのは何故であらうか。

生存競争、金力万能の幻影的近代思想が築き上げたるバベルの塔は、即ち今の商業主義の都会文化である。何物をも生産することなしに、他人の懐を当にして生活する寄生虫の文化である。吾等は最早此バベルの塔に惑はされてはならぬ。吾等は野を蔽へる蓮華草の如く平等、平和の協同生活に立ち帰り、谷間に咲ける百合の如く、自然の芸術の芳烈なる生活を自ら誇るべきである。

新しい春の陽光は、今当に山深き谷間をも照して来た。清浄無垢なる可憐な小鶯が伝へる喜びの福音をして、断じて都会の塵風に汚さしむる勿れ。（「吾等の使命」／「自治農民」第一号　昭和一・四）

石川は、かくのごとく生涯、一個の士民の生活を、至上のものとする。悟堂、ここでの暮らしをつぎのように書いている。

畑地は遠くで白桃、緋桃が春を象《かたど》り、ゆさゆさとした竹林や、カテドラルのような杉の林も多くて、そこには鳴子百合《なるこゆり》や、宝鐸草《ほうちゃくそう》やアマドコロや蝮草《まむしぐさ》や天南星《てんなんしょう》もあった。野川はミズスマシ、ゲンゴロウを泳がせ、ホタルを生んだ、舗装道路はどこにもない時代で、野のはてには富士、丹沢、大山のつらなりが空といっしょに丸見えだった。程近くに点々と思想家たちが農耕思索の生活を楽しんでいることもうなずける武蔵野だったのだ。

（『愛鳥自伝』）

悟堂は、尾崎、石川らの田園謳歌者と交歓し、野中の一軒家の「無一物中無尽蔵」の極限暮らしを実践しつづけた。悟堂、そこからさらに新しい住まいを求めることになる。

†

昭和四（一九二九）年、杉並区井荻町（善福寺風致地区）に引越。この間、野鳥にくわえ水棲昆虫、淡水魚、爬虫類の生態観察に没頭。いっぽう鳥については、さきの『愛鳥自伝』の「野鳥の放し飼い」の項にある。なんとスズメ、カラスはおよばず、いやもう「カケス、ヨシゴイ、アカモズ、オナガ、アカゲラ、モズ、サギ類、オオコノハズク、タカ類、セキレイ、ムクドリ、ホオジロ、コゲラ、アカショウビン、トラツグミ、クロツグミ、コマドリ、バン、ウ、ヤマヒバリ、コジュケイ」などなど。いっぱい多くの鳥を自由に馴らし放し飼いしたと。

まったくこの悟堂はというと、どこやら鳥人であるらしい。さらにこの年以後、全国の山々を踏破して、野鳥の生態と分布を調査している。昭和七（一九三二）年、『虫・鳥と生活する』を刊行。昭和九（一九三四）年、三十八歳。悟堂にとって画期すべき年となる。まず一つは、知名の鳥学者や文化人・黒田長礼《ながみち》、北原白秋、鷹司公爵、戸川秋骨、金田一京助、窪田空穂、竹友藻風、柳田國男らを設立発起人に「日本野鳥の会」を創立。籠の飼い鳥との絶縁を発表、「野の鳥は野に」を標語のもと自然環境の中で鳥を愛で、保護する運動を起こす。「野鳥」も「探鳥」も、悟堂の造語。機関誌「野鳥」を創刊。以後、野鳥の愛護と自然環境の保全の筋道を付ける。

私には自然への帰依と信奉が強く、いかなる思想も自然を欠いては浮き上がってしまうという信念さえ持つようなってもいた。そしてその自然の中の第一の対象が鳥であった。（『愛鳥自伝』）

またこの六月、本邦初の大探鳥会を富士山麓須走《すばしり》村（静岡県駿東郡小山町）で敢行。そのさき「鳥寄せの名人」に教えを請うた悟堂。キビタキやシジュウカラをはじめ種々の鳥を寄せられるまでになったという。このことでは『愛鳥自伝』の「富士山麓の朝」の項、須走村での探鳥行を綴る一節に「静寂であるはずの高原の林は、静寂どころか、むらがりおこる鳥の声々に充たされていて、林そのものが歌であった」としてとどめる（参考①）。

同年、ときおなじくして特筆すべきことがあった。詩集『山岳詩集』刊行だ。収録は昭和五（一九三〇）年から四年間にわたる作品四十五篇、併載する朝鮮詩篇三篇を除けば、一集あげて山岳詩からなる本邦初の詩集となる。これは悟堂の詩業の頂点であり、さらに広く詩史のなかでも山を詠んで抜きんでた達成と推そう。
『山岳詩集』、山岳と鳥類が交響する自然賛歌だ。その「巻末に」に記す。

自然はそのあらゆる時処に於て、私の心のふるさとであった。私が生きることとの悦びをそこから汲み取る、又その悦びと愛とによって世界に交流する生のみなもとであった。

悟堂は野鳥を追っかけて、数多く山々を歩いている。一集に収録なる山は、近場の稜線はむろん、日本アルプス、八ヶ岳、美ヶ原、霧ヶ峰、奥日光などなど、名峰に渓谷に峠におよぶ、その広さと深さ。悟堂、生涯、踏んだ山、八百七十九座。それはほんとうに壮観なかぎりである。一集にこんな一篇がある。

ほそぼそとした一条《ひとすぢ》の帯で／二つの国を分ける尾根道。／望めば空へも続いてゐるやうで／遥かな思慕を誘ふ尾根道。
（「尾根」）

こちらは尾根を歩いていて、それも近場の甲斐、武蔵、相模の低山のそこを、よくこの一篇を胸にしている。どういったらいいか、そんなふうにして眺めやっているとそう、「二つの国（首都と、辺境と）」、そのちがいがわかる気がしてくるから、おかしいものである。

ついてはこの詩集では「上長房部落」なる一篇がもってこい。当方、ここらはよく歩きなれている。尾根は奥高尾縦走路が舞台というから嬉しいかぎりだ。それではここから長閑《のどか》な山歩きをともにしよう。

†

毎年春がくれば通る道だが
浅川の上長房《かみながぶさ》はいい部落だね。

この村に多い巴丹杏の、青白い花の奥から
おとしは山橇をつくる轆轤《ろくろ》の音が聞えたが
去年は小学校のオルガンの音、
今年はのどかな筬《をさ》のひびきだ。

おとしは道ばたの農家の軒に
大きい胡蜂《すずめばち》の巣を見かけたが
今年は壁に立てかけた手柴の束に
巣草《すぐさ》を運ぶ黄鶺鴒《きせきれい》の番《つが》ひをみつけた。

あの『たばこ』の赤看板もなつかしいね、
小仏《こぼとけ》の関址もお馴染だね、
道が小仏部落へ曲るあたりの

河鹿の声も相変らず聞き過《すご》せないね。

春がくればこの道を通って
僕は景信陣場《かげのぶぢんば》へと必ずゆくね。

鶯の多い宝珠院の裏手あたりで
冬眠からさめたての綺麗な蜥蜴《とかげ》に出あひたくて、
景信山腹の疎林を登る道々
大規模な雪の丹沢《たんざは》にびっくりしたくて。

景信を少し下つた草尾根で
白頭翁《をきなぐさ》の暗紅の花に出あひたくて、
陣場の谷のつづら折で
カタクリの花にびつくりしたくて。

それよりもあののび〳〵とした尾根道で
大岳《おほたけ》のドームや遠い大菩薩を望みたくて、
堂所《だうところ》あたりの笹の中で
優しい陣場の金茶を眺めたくて。

あゝ春がくればきっと通る上長房は
もう僕とは懇意な間柄だね。

†

おもえばこの詩が書かれたのは昭和の初めのことである。ゆったりとした、いまだ軍旗翻らぬ早春の日中の武蔵野のこの、よろしさぐあい。それからきょうまでの様変わりぶりたるやなんと激甚すぎではないか。当方、じつをいうとこのコースを少なくとも年に最低でも二回は歩くのでその思いはつよいものがある。

さて、のっけから、「いい部落だね」、なんて挨拶される、「上長房部落」、とはいずこ？　どこかというと八王子市西南部に位置し、南浅川の北側に広がる丘陵地帯にあった浅川村大字上長房（現・八王子市裏高尾町）なる小集落だったときく。

それがまあ凄いったら……。なんともなんと大規模な都営長房団地が建設されてこのかた、びっくりもいいところ一時期は居住人口が約二万人におよんだと。ちょっと声もでない……。

悟堂、いやしかしほんと律儀、勤勉なることったら！　「毎年春がくれば通る道だが」、として道すがら「おととし」、「去年」、「今年」とその年ごと、路傍で耳目にするいちいちを大切に列挙してゆくのである。どうだろう、いまやそれらみなが武蔵野民俗資料館収蔵（！）のたぐいよろしきもの、となるのでは。

まずは耳からだ。「轆轤の音」、「オルガンの音（おそらくこの小学校は八王子市立浅川小学校の上長房分校ではないか?」」、「筬のひびき」、いまやいずれも廃れ消えた機織りの幻の音でしかありえない。
つぎに目である。「胡蜂の巣」、「黄鶺鴒の番ひ」、いまもまだ飛び回っているか。『たばこ』の赤看板」、あるいは煙草専売局初の口付紙巻き煙草「敷島」のそれか?

そして花はそう、「白頭翁」。また翁草とも。キンポウゲ科の多年草。名前の由来は全体を覆う白色の綿毛から。春先、ぼうっとここらの尾根を歩いていてこの花に出会すとぎくりとする。なにやらどこだか昔話に出てくる背の曲がった爺婆《じじばば》さんみたいなのだ。ほんとなんと異な、ちょっとばかしゾーッとさせられる、お姿であることか。葉は羽状。それで花は六弁に裂け「暗紅」なのだ（参照・拙稿「ちおんばのおっかぶろ」／『山川草木』）……。

春は出会いの候。「小仏の関址」とは、甲州街道の関所が置かれた小仏峠。この峠を起点に上野原宿へ、相州、甲州との国境を越える古道が往時を偲ばせる（参照・終章）。ここからは奥高尾縦走路となること。そんな「春がくればこの道を通って／僕は景信〔七二七メートル〕陣場〔陣馬・八五七メートル〕へと必ずゆくね」だって。

景信は、ここで北条氏の家臣横地景信が甲斐の武田軍に備えて烽火《のろし》台を築いた、その故事にちなむ山名だと、古い歴史を語る山域だ。陣馬は、その名からも往時の武田信玄の陣地の一つ、つまり陣場だった「武甲相の群山に対する無類の展望台」（河田楨《みき》「陣馬峯」）。

「堂所〔七三一メートル〕」、とは尾根道の途中の頂なり。そこから望まれる、「大岳〔一二六六メートル〕のドームや遠い大菩薩〔二〇五七メートル〕」、いやその姿のよろしさ。

気晴らしにもいい。ぶらぶらとゆく縦走路の突兀《とっこつ》からはどうだろう。きょうただいま現在の武蔵野を一望にしえるしだい。これからのこの足下の地勢図がみえてくるなど。面白くためになる。

それはしかし、「眺めたくて」、という、「陣場の金茶」、このいいかた。これは黄金色に近い黄色の花から春の季語の山吹の群だろう。

「あゝ春がくればきっと通る上長房は／もう僕とは懇意な間柄だね」

悟堂、自然とすぐ「懇意な間柄」になる天才。この人の周りに鳥は囀り、蝶は舞い、花は咲いて苑を成す。生きとし生けるもの、ともども心を開き集いあうこと。わたしらにあるべき正しい武蔵野の姿をそれとみせつづける。

†

昭和十八（一九四三）年、戦火が差し迫ったさなか詩集『叢林の歌』刊行。これは『山岳詩集』の続編にあたる一集で佳品が幾篇もある。わけても二部構成の後半「青い鳥を」（昭和九〜十六）には、鳥が飛び、鳥が囀る。「跋」に記す。

山を相手に、鳥を相手に、人の住まぬ自然の中へと！　野鳥のことは研究が大半の目的ではあった。が、一つには「自分」を見つけるためでもあった。

鳥を見つめることは、自分を見つけること。そのうちから少なくとも五篇は引きたいが、ここでは一つだけ、つぎのような麗《うら》らかなる短詩をいただく。

叢林にそそぐ雨の竪琴、／たとへやうもない音とこだまの鬩《せめ》ぎ合ひ。／とつぜん青白の世界に日が射すと／小瑠璃の声が／宝石のやうに光の中にころがり出た。

（「雨後」）

囀り、振るような、湧くような、囀り。たしかにまれにだが雨の叢林を歩きまどっていて、至福の一瞬！　ふいとそんな宝石の囀りを耳にすることがある。

†

昭和十六（一九四二）年、太平洋戦争勃発。鳥の囀りのパレードはもうみるもなく、快く美しいコーラスもいずこへ。「野鳥」も用紙削減の憂き目にあい、編集、経営の過労からさしもの悟堂も病気がちになる。

それでも悟堂らしく、日本野鳥の会設立十年目の昭和十九（一九四四）年、西多摩郡福生町《ふっさ》（現・福生市大字福生の加美上水公園付近）の山林五百坪を借り、日本初の鳥獣保護区でもある「野鳥村」を実現せんとするが。戦局の悪化などから構想は潰えてしまう。「野鳥」も、この年の九月、停刊。ただ空しい……。

虚脱の日々

この戦《いくさ》はや詮なきを新聞の戦果の白書なほしらじらし

（『安達太良《あだたら》』）

昭和二十（一九四五）年八月十五日、玉音放送。疎開先の山形県より年末に上京。西多摩郡東秋留《あきる》村二宮（現・あきる野市）の農家の蚕室に住む。翌年には探鳥の山行を再開、西多摩山地を歩き尽くす。

またこの一年で短歌を三千首作るなど、戦後は詩から離れ、作歌に精を出す。

昭和二十二（一九四七）年、「野鳥」再刊。物資不足や人手不足のなか、精力的に活動を再開。過労から肺炎を患い、病気臥床した経験から、五十半ばすぎて健康のため年間のハダカ生活を強行する。動物作家の戸川幸夫が、いつか悟堂を訪ねるとパンツ一枚で出てきて仰天する。「部屋の中には火鉢もストーブもなかった。陽が差し込んでいるとはいえ真冬である。暖房もせずに裸でくらす。やはり仙人だ」（戸川幸夫「裸の聖人」／『悟堂追憶』）

悟堂、このことで『かみなりさま』でこんな話を残している。

悟堂、地元の警察と問答する。「どこまでのハダカなら軽犯罪法にかからぬか」と。すると警察さんがご返答なさる。

「股間と臀部を露出しなければ宜しい」／「えらくむつかしいんですな。平民的にホンヤクすると、マタグラとシリをむきだしにせねばよいということに受取れる。そうでしょうか」／「その通り」

そのハダカ生活のおかげで健康になること。霞網（囮《おとり》を使って網を張って鶫などの鳥を捕る）禁止の法制化、バード・サンクチュアリーの設置など、自然保護や野鳥保護活動に尽力し、鳥獣保護法の制定にも貢献する。

昭和二十九（一九五四）年、世田谷区砧《きぬた》に転居。ここはまだ武蔵野の面影が残っていたが（昭和四十七年、環状七号線が走ると騒音に悩まされ、横浜中区に転居。亡くなるまで住むことに）。悟堂、武蔵野の地を終の棲家としたくあったが、野鳥の観察のために広い庭を求める希望を満たす場所はなく、武蔵野は良き人を忘失することになった。

武蔵野、悲しいかな……。そこはこのときにはすでに、東京に近い田舎、ですらなくなっていったと。とにもかくにも東京は膨張するいっぽうで、かろうじて、それらしくあった田舎は跡形なくされたのだ。いつかわが山友（第九章登場）がほざいた。

「武蔵野？　そんなのはもう郷愁でしかないよね。だからあんたも夢中になるのでしょ」

などとはさて本題にもどろう。悟堂、敗戦このかた小暇とてなく、執筆、鳥類保護運動、山行……、辛くもきつい日がつづいた。

昭和三十（一九五五）年、しかしハダカ生活の効能、よろしくあること、無事に還暦をむかえている。

加賀白山頂上　還暦登頂

開山式をはれば巫女《みこ》が注《つ》ぎくるわが還暦の神酒《みき》いただきぬ
輪を描《ゑが》く鷲大いなり絶壁に立てば真下《ました》の空間にして

（『安達太良』）

産土の山は白山の開山式に還暦の神酒を賜る。こののちも元気で山歩きをせんという決意を確認したことだろう。そして大いなること鷲のごとくあらんと願おうと。なんとも気宇壮大でないか。

昭和三十四（一九五九）年、歌集『安達太良』を刊行（序文・窪田空穂、昭和三十二年夏までの作品を収録）。この一集に目立つのは鳥類保護の闘いを詠った一連である。空気銃、霞網猟禁止を訴える「空気銃審議会」、「霞網審議会」、また猟友会との暗闘の記録「猟政国会闘争」など。愛する鳥を守る歌。

　　空気銃闘争
　英国は過去六十年に唯一羽鳥を誤殺せしのみと報じ来《く》　（『安達太良』）

昭和四十一（一九六六）年、七十歳。しかしまあ健やかなこと、つぎのように詠んでいる。

　　赤き月
　そのかみの入峰《にふぶ》の行《ぎやう》を斯く恋ふは山に朽ちよとや年を老いなば
　　樹下の裸禅
　裸坐の呼吸《いき》やうやく深き刻《とき》移り鶸《ひわ》・四十雀も肩に寄りくる　（『定本・野鳥記　別巻　悟堂歌集』）

一首目、「入峰の行」に思いを馳せる。この「山に朽ちよ」の重い声をきけ。二首目、いやあの小鳥に説教をしたアッシジの聖フランチェスコの境地と称えようか。これからさらに二十年近く生きついで野鳥と自然環境の保護に一身を挺しつづけること。そのうち武蔵野に深く関わる具体例を一つ挙げよう。

埼玉県新座市にある臨済宗平林寺。松平信綱の菩提寺で名高い古刹。野火止《のびどめ》台地の広さ約四三㌶、東京ドーム九個分の同寺境内林は、武蔵野の雑木林の風情をとどめる貴重な文化財として、昭和四十三（一九六八）年、国の天然記念物に指定された。雑木林としては唯一の指定という掛け替えのない自然・文化的資産だ。これこそ悟堂と「日本野鳥の会」の尽力によるもの。

昭和五十九（一九八四）年、悟堂、長逝。享年八十九。

ときに数多くの人が鳥聖の死を哀悼した。ここでは長年の詩友・金子光晴の悼詩を祭壇にしたい（参考②）。

【参考】

①「富士山麓の朝」

サンショウクイのヒリヒリン、アカハラのキャラランチリー、コルリの複雑な替え歌、カッコウの声、ホトトギスやジュイチの声、ツツドリのポポ　ポポポポ、サンコウチョウのキーヴィー　ホイホイ、ヒガラのツピチンツピチン、ビンズイのチチロチチロツイツイツイ、カワラヒワのヴィー、ヨタカのキョキョキョキョキョキョキョの連打、メジロやセンダイムシクイのつつましいさえずり、キビタキの調子に乗ったオーシーツクツク、オオルリやイカルの澄み透る声、クロツグミのおしゃべり、シジュウカラのツペツペ、マミジロのチョロインチー、アオジのツーピツチチーチョというテンポのゆるい美声、ホオジロの一筆啓上《いっぴつけいじょう》……。

②金子光晴「旧友中西悟堂君へのメッセージ」

〔前略〕

紙のうえの詩にはあきたらず、君は
自然の運行のなかに　生きた詩を求め、

鳥や草を友とするとともに、
素はだかで、その心にわけ入り、
いのちの花咲く美を　わが物にした。
君のしごとこそ、真実で動《ゆる》ぎなく
詩のうちの詩ということができよう。
〔後略〕

## 第五章　森　高群逸枝「日月の上に」

東京杉並の家のうしろは、ずうっと田んぼだったんだ。凧をあげたり、模型飛行機を飛ばしたり。／青梅街道には市街電車が走っていた。〔略〕。田んぼは今は公団住宅。

（谷川俊太郎「ONCE—IMPRESSIONS」／『ONCE』）

谷川俊太郎の住いは昔から杉並区成田東。高度経済成長・東京オリンピック以前、いったいはどこまでも独歩風雑木林の田園風景がひろがっていた。当方、俊太郎少年特撮のモノクロ写真でピンボケ気味のセピア色牧歌的風景をみている。

それはそう、中央線の中野—荻窪間の高架化（一九六四）、あたりまで。武蔵野はいまだ、住家も住家らしく、田畑も田畑らしく、武蔵野であった。ただ「公団住宅」は早く昭和二十年代に建った。「市街電車」とは、大正十（一九二一）年、新宿—荻窪間に開通した路面電車（西武軌道）、のちに都電杉並線となる。昭和三十八（一九六三）年、前年の営団地下鉄荻窪線（現・東京メトロ丸ノ内線）開通にともない廃止された。

というような話から遠くも近くあるいつか。はじめてここ武蔵野に住むようになった、それもなんとも時代ばなれしたよな。いやちょっと凄い一女性についてみたい。

†

高群逸枝《たかむれいつえ》（明治二十七／一八九四〜昭和三十九／一九六四）、熊本県下益城《しもましき》郡豊川村（現・宇城市）生まれ。父、小学校校長高群勝太郎（号・嵋泉）、母、熊本延寿寺の娘登代子、二人の間の長女。そのさき夫婦は三人の男の子に恵まれるも三人ともに早逝している。ときに逸枝は初観音の縁日（正月十八日）に出生したゆえ、父母から「観音の子」と呼ばれる。

少時より学業に優れ、詩文に才をみせ、読書に励み、創作を試み、手造り小冊子をだす。明治四十二（一九〇九）年、県立熊本師範学校女子部に入学。

大正二（一九一三）年、十九歳。家計援助のために熊本女学校四年修了し、代用教員の受験資格を得る。紡績工場の女工員勤めを経て、翌年四月、砥用《ともち》尋常高等小学校に代用教員として赴任する。

〔この学校には〕教育と真摯にとりくんでいる進歩的教師が多かった。このことは私がかつて師範教育から浅薄に類推した俗物的な教員生活を正さずにはおかないものがあるようだった。それで私はこの学校から山の女教師としての第一歩を踏み出したことを心からよろこんだ。

（高群逸枝『火の国の女の日記』一九六五）

この「山の女教師」の経験から、のちの女性史研究の基本ともなる思考をつむぎだす。いうたらそもそも女の教員志望の動機のもとには「女の母性愛の本能」があるとみられると。いやここらの目の付けどころは、ほんとうに鋭く深いものがある。

女が今日教員を志す動機には、単なる職業として、もしくは単なる社会的な活動の機関としてのみではなく、女の母性愛の本能が、自らを普遍的に表現しなければならないといふ、必然発生的の動機、それがひそんでゐるのではなからうか。

（『女教員解放論』一九三一）

逸枝は、ひそかに一教師として生涯生きんと内心思うことがあった。しかしそれがある出会いで大きく変化するにいたるのだ。

†

大正五（一九一六）年十二月、たまたま教育関係の雑誌に所感文を投稿したところ、それを読んで葉書で感想を寄せた者がいた。橋本憲三（明治三十／一八九七〜昭和五十一／一九七六）、熊本県球磨郡大村（現・人吉市）生まれ。三歳下の同じ僻地の代用教員だ。

大正六（一九一七）年八月、逸枝は、橋本と初会、恋に陥り、教師職を辞め、九州日日新聞の記者を志す。しかしながら入社試験落第というしだい。そこにきてまた肝心の橋本との関係も暗礁にのりあげると。

大正七（一九一八）年六月、逸枝、突然に四国巡礼へ出発、その記録「娘巡礼記」を九州日日新聞に連載（百五回）。逸枝、ただもうひたすら再生を願って熊本から徒歩で四国八十八箇所を巡り歩きつづけるのだ。「生も死も天命である……ただ私の有りのままあれ」と。

遍路がいまだ病んだ底辺の人間とみられ奇異と興味の的であった時代。警察による遍路狩りに遭い、宿泊を断られ野宿し、物乞いし歩く一群。随所にこんな記述がみえる。

突然後ろで祈禱の声がするのでふり返ると、顔半分が腐った女遍路である、「ハンセン病者」の顔からは年齢がわからない。／「どうぞ八十八ヶ所のご本尊様、ふびんな心をお察しくだされませ」と声をあげて祈りながら、腐った顔からは涙かよだれか、溢れるにまかせていた。

（『娘巡礼記』一九七九）

逸枝は、この旅で人の世の底を深く覗いた。ついでながらその繫がりで井伏鱒二の掌編「へんろう宿」をここに引いておくとしよう。

波濤館《はとうかん》なる遍路宿。ふしぎなお宿のオカネ、オギン、オクラというお婆さんらが、こんなふうに朗らかに笑いさざめく。

「三人とも、嬰児《あかご》のとき、この宿に放《ほ》つちよかれて行かれましたきに、この宿に泊つた客が棄てて行つたがです。いうたら棄児ですらあ」「けんど、わたしは五十年もまへに棄てられた嬰児で、親の料簡がわかるわけはありませんきに。〔略〕たいがい十年ごつといに、この家には嬰児が放つたくられて来ましたきに」

†

大正八（一九一九）年四月、憲三と婚約。同夏、紆余曲折の果てに結婚。逸枝、二十五歳。憲三、二十二歳。

大正九（一九二〇）年八月末、上京。紹介する人あり、開通当初の小田急線経堂駅から徒歩二十分、東京府荏原郡世田谷村満中在家《まんじゅうざいけ》（現・世田谷区）、大百姓軽部《かるべ》仙太郎方に寄宿する。

経堂は、徳冨蘆花が「美的百姓」（『みゝずのたはこと』）を営んだ粕谷が近く、また石川三四郎が「土民生活」を送っていた舟橋にも遠くない。さらには千歳村には前章の中西悟堂の掘っ建て小屋があった。このときあたりいったいの景観はというと、西国の出の逸枝に、それはもう清新きわまりなかったのでは。

「昔の武蔵野は萱原《かやはら》のはてなき光景を以て絶類の美を鳴らして居たやうに言ひ伝へてあるが、今の武蔵野は林である。林は実に今の武蔵野の特色といつても宜い。則ち木は重に楢《なら》の類で冬は悉く落葉し、春は滴る計りの新緑萌え出づる其変化が秩父嶺以東十数里の野一斉に行はれて、春夏秋冬を通じ霞に雨に月に風に霧に時雨《しぐれ》に雪に、緑蔭に紅葉に、様々《さまぐ》の光景を呈《てい》する其妙は一寸《ちょっと》西国地方又た東北の者には解しか兼るのである」（国木田独歩「武蔵野」）

大正十（一九二一）年六月、長篇詩集『日月の上に』（「新小説」四月号発表後、叢文閣より刊行）。さらに同月『放浪者の詩』（新潮社）を発刊。ラジカルな女性詩人としてジャーナリズムに颯爽登場している。

さて、まずもって『日月の上に』ではあるが、これが自身の出生から上京までを自伝的に書いた六十七の短章からなる、いうならば極私小説的詩集であるよし。ついてはそのしまいは、上京時を描く最終章（六十七）、からみることにしたい。

独歩の武蔵野。
　林の奥に坐して四顧し、
　傾聴し、
　睇視し、
　　黙想す――

そのあこがれの武蔵野の雑木林。

林の中では団栗がころがり、
龍胆が末枯れている。
遠くに富士。

娘はここに憂鬱である。
さびしい。
娘はまだ、
性格をもたないかも知れない。

　逸枝と、憲三と。二人が腰を落ち着けたのは世田谷村のかなり外れの林の中。このとき西国地方出の「娘」逸枝はというと、当惑の表情を隠さず淋しく「憂鬱」で所在なげだ。なにしろあわただしく引越しをしてすぐそのまま、不案内な東京府下の「武蔵野の雑木林」、そんなところに荷を下ろしたばかりという。

一聯目、これはさきの独歩「武蔵野」の二の章の初め、日記引用の記述「十月二十六日――」、としてつづいてある、「午後林を訪《おとな》ふ。林の奥に座して四顧し、傾聴し、睇視《ていし》し、黙想す」、そのままのいただき。おそらくこのときの逸枝にはこの一節がじしんの心情をそっくり代弁していると感受されたのだろう。それでまあ借用したのやら。それにつけなんと独歩の牽引力の甚大なることであろう！

二聯目、「遠くに富士」、遠空の八の字の富士。林中に小さくシルエットなし坐す逸枝。なんとも哀感ただよう刻々であろう。どういったらいいものか、なにがあってか上京者にとって「富士」の遠景がそれと感傷的にみえたりする、ときがあるということだ。当方、ほんとの田舎ぺェがいうことだから間違いはない。

三聯目、「娘はまだ、／性格をもたないかも知れない」。ここでこの「性格」についてだが、ごくごくあたりまえに確固たる自己、あるいは、明晰なる目標をいまだもちえてない、それぐらいに理解しておいていいか。

†

ところでどういうわけありか。どうにもわからなく抑えがたいような不安定さがあって日々生きづらくなにかを誤ってしまったゆえに？　そうなってしまっていたか。

大正十（一九二一）年六月末、ほんとうのところはよくわからない。憲三と相争うこと多くあり都落ち帰郷する。なにがどのようにあってのことか。そのいつか妊娠が判明していると。

大正十一（一九二二）年三月、臨月近く再上京、軽部家に寄宿。四月、いやなんとそんな長男を死産するなんぞという、どうにもしようがない歳月というものはあるものだ。それで、うちふさんばかりのとき長くようやく復すことになっていたものか、どうか？　そこらはほとんど年譜でもあきらかではないのだ。

大正十二（一九二三）年、憲三が平凡社に入社。ようやく生活が安定しはじめるにつれて、だんだん執筆も旺盛になってゆくのだが。九月、関東大震災。翌年二月、上落合に引越し。

大正十四（一九二五）年、だがそれがいかような魔風がすることであるのやら。逸枝、ぜんたいなにがあってか家出事件を起こしてしまうこと、ひどくセンセーショナルな報道攻勢に曝されているのだ。

しかしながらなんとも元気ありあまるというのか。同年十一月、なにごともなかったかに詩集『東京は熱病にかゝつてゐる』を刊行しているのである。

わたしの言葉は都会の文法のために、／はからずも原始性をうしなつてしまつた。／いやな憎い東京、わたしは東京を侮蔑する。／わたしはそこにみなぎつてゐるあらゆる風潮を憎む。／／またすべての人間、男、女、金持、貧乏者を、

（「第二節　黒の日本」）

天地暗澹として、大東京は、絶え入るばかりの美しき、／血と飛沫との時刻とはなりぬ。／〔略〕／脳のぶつぶつの泡、妄語の泡を、／誰かは打ち払うらん。

（「第九節　共産党事件大学事件」）

などなどとこれが凄絶なることとったら。じつにまことにアナーキーな「熱病」にうなされるかの破

滅的、怒号、哄笑、狂騒的なるめちゃくちゃな二十五節のフレーズにおよぶという。なんともどうにも類例のないものであった。当方、それはしかしこの逸枝の凄まじい東京嫌悪節には裏日本人として喝采を惜しまぬほうである。

昭和三（一九二八）年、先鋭アナーキスト詩人として、アナ・ボル論争（社会主義運動や社会運動上の、アナルコサンディカリスム派〔アナ派、無政府組合主義〕とボルシェビズム派〔ボル派、レーニン主義〕の思想的、運動論的論争と対立）に積極的に関わる。

昭和五（一九三〇）年、平塚らいてうらと無産婦人芸術連盟を結成、同連盟の機関誌「婦人戦線」創刊に参画（同誌は翌年六月に廃刊）。六年　前記『女教員解放論』を刊行。女性解放運動に勤しむかたわら、いっぽうでうちから促すものがつよくあって、女性史研究に向かいはじめる。

逸枝、ときのジャーナリズムの世界で八面六臂の活動をしつづけやまなかった。しかしながらいったい、唐突にもほんとうに突然、なにがどうあってなのか。

†

ことはいかなる衝動の発露ではあるだろう。それはいうならば「熱病にかゝつてゐる」東京を忌避したいあまりの逃亡であるのはあきらか。もっというなら幽閉を企図したものなのか。

逸枝、それまでずっと府内の貸間を転々としつづけていた。それが昭和六（一九三一）年七月のこと、このときある引越しを決意したのである。そんなまるで終の棲家を求めるかのように。

新居は、最初の上京時（！）の世田谷村は満中在家。再度、家主・軽部氏に家を借りたいと願うと温かい返事が返ってきた。そこでその借家をどうしたか。いやじつはそこの地所に「女性史学研究所」

を新築するというのである。

これがそう、「森の家」、なのである。敷地二百坪、建坪は二階建て延べ三十坪。なおその建造には、切り売りされた鹿鳴館の資材、また虎ノ門の「N宮家」が解体された際の資材も使われた、との記述もみえる。もとよりこの試みにはさきの石川三四郎らの影響濃厚にあったのは考えられよう。実際、このことで夫の憲三は石川に相談に上がっている。

むろんそれも大きくあろうが、逸枝は、ヘンリー・デイヴィッド・ソローの『森の生活』を偏愛していた、そのことが導きになったのだ（これまた近在の前章の悟堂そっくり）。ソローは書いている。

「私が森へ行ったのは、思慮深く生き、人生の本質的な事実のみに直面し、人生が教えてくれるものを自分が学び取れるかどうか確かめてみたかったからであり、死ぬときになって、自分が生きてはいなかったことを発見するようなはめにおちいりたくなかったからである。人生とはいえないような人生は生きたくなかった。」（『森の生活』）

森の中に丸太小屋を建て自給自足を楽しみ、奴隷制度とメキシコ戦争に抗議、人頭税支払いを拒否し、投獄された自由人ソロー。


昭和六年、私はソローにあこがれ、もとの世田谷に帰った。そして、かつて私が親しんだ森の一つをえらび、夫の同情で、その中に小さな家を建てて移り住んだのである。それは文字どおりの一軒家だった。／この森にきたのは、私の晩年の仕事として、日本女性の歴史五巻の著作のためであった。

（高群逸枝「森の生活」）

というところでそのあたり、「森の家」の周りの景、それはいかがだったろう。

そこは細長い樹木地帯の南端に位置し、南はまるで人通りのない並木道をへだてて畑地、北は森、この森の先は植木園をはさんで稲荷の森につづく。東も森、西は軽部家の一町にあまる広い畑。その遠近にも森が点在し、その間から富士がちょっぴり頭をのぞかせている。（『火の国の女の日記』）

そのさき「なにがあってか上京者にとって「富士」の遠景がそれと感傷的にみえたりする」といった。逸枝は、「五坪の書斎のまんなかに、三尺の机をぽつんと置き、『古事記伝』（本居宣長）を一冊のせて座った」。以来、庭先に「面会お断り」の看板を掲げ、これから死に至るまで、三十三年間の長き歳月「森の家」に籠り、終日不出、女性史の研究に没頭する。いっぽうで憲三はというと、資料収集につとめ、収入家事をにない、研究生活をささえた。

起床は六時。八時に朝食。それから書斎に入り勉強。昼食抜きで午後四時にそれをやめ、六時に夕食をすます。夕食後は勉強のつづきやら原稿執筆やらにおくる。十時就寝。（『火の国の女の日記』）

逸枝は、この日課を「鉄の規律」と呼び厳守した。というところで一拍おくことにして。当方、ふとひょんな思いに捉われるのだ。どういったらいいか、逸枝が「森の家」籠りに、こだわったしだい。あえてそのことを本稿かぎっておよべば、それこそ広い武蔵野を自らの手中に収めたぐあい、なんともよくできた処世というものではと。

東京に近い田舎。いうならばその田舎の良いところ全部をいただくこと、それでもって東京の悪いところ全部をしめだすあんばい。「森の家」は、武蔵野の内にある。ひるがえっていえばそう。武蔵野は、「森の家」の内にある。

逸枝、ときにひとりひっそり「森の家」で執筆中に笑み頷くことしばしあったろう。ここでこそおもいのかぎり宿願の仕事に没頭し邁進することができるのではと。

「森の家」、そこはあえて今風にいえばそう。逸枝にとって、アジール（避難所）でありまた、サンクチュアリ（聖地）でこそあった。

†

昭和十（一九三五）年、憲三、平凡社解散により失職。以降、逸枝の専属編集者になる。

昭和十一（一九三六）年十月、「森の家」籠り後の最初の大作『大日本女性人名辞書』（厚生閣）を刊行。この出版が機になって、平塚らいてうらの発議で高群逸枝著作後援会が発足。ずっとのちのちまで長く逸枝の励み心身の支えとなるのである。いうならばアナキズムの相互扶助がもっとも理想的なかたちで実践敢行されるモデルとなっているのだ。

ところで逸枝の女性史研究であるが、平塚らいてうの有名な「元始女性は太陽だった」の揚言にあるように、女性史の礎を古代の母なる自然の感受にもとめた。それは、それまで盲従されてきた「家族制度」とはまるっきり反対のものだった。

私がはじめにとりかかったのは、日本母系制のことであった。新憲法前までは、「家族制度」は日本歴史のはじまりからあったもので、世界にほこるべき日本固有の制度だというのがいっぱんに通っていた説であった。つまり家族制度は国の基だとされたのであった。

この観点から婦人の教育も阻まれ、参政権もあたえられず、いまからみるとごく初歩の民主主義婦人論が、家族制度破壊の名のもとに発売禁止になる状態だった。だから右の通説を批判したり、学問研究の対象とすることは、国家的反逆とみなされたので、だれも正面きって研究に立ち向かうものがなかった。

(『火の国の女の日記』)

逸枝は、膨大な古い系譜、古代・中世・近世の資料四千冊を網羅的に集め、克明な解読に励む。そしてその絶え間ない超人的研鑽が実を結ぶにいたる。それがつぎの記念碑的二著なのである。

昭和十三(一九三八)年四月、七年の歳月をかけた『母系制の研究』(厚生閣)を刊行。

昭和二十八(一九五三)年一月、戦争を挟み、十三年九ヶ月の歳月をかけた『招婿婚の研究』(講談社)を刊行。

我国には未だ真によべるべき女性史がない。女性史と名《なづ》けられしものは数種あるにはあるが、其等は余りにも小冊なる上に、内容においても必ずしも学的良心を満足させるものではない。女性の述作に至つては皆無である。私はよき女性史の必要と、それが女性自身によつて書かれるべき意義を信ずるものである。

(『母系制の研究』)

逸枝は、これにより母系制の存在と妻問い・招婿婚の実態を探索すること、それまでずっと長く奉じられてきた日本の婚姻の歴史をがらりと書き換えるにいたった。

その主張を端折ると、日本の婚姻は、南北朝時代までは、嫁入婚ではなくて、招婿婚だったよし。だから女性が死ぬと、夫の実家ではなくて、生家の墓にはいった。このことでは皇后においても、その際には出身氏族の墓地に葬られた。ついては天皇家の場合も嫁取婚が発生したのは明治以後とする。

じつはこれが従来の男性中心の伝統的婚姻観、それに厳しく訂正を求める、女性史観に立った科学的婚姻史の誕生であった。だがどういうか、よくあることに学界のおえらかたや柳田國男などなどから無視を決めこまれた、というのである（参考①）。

そのこととは直接に関係はないことだが、逸枝、じつはこの著の世間の扱いについて短く日記に書いている。

「朝日に『招婿婚の研究』の批評のる。ごく小さく片づけている。前人未到の大著とか、努力と精進は驚嘆に値するとかの文字はあるが、書評らんの最下段に僅か十数行」（『火の国の女の日記』）

逸枝は、だけども絶対めげない。ずっとひたすらその後も女性史の研鑽に打ち込み膨大な著述をものしつづけるのだ。日本の女性史を最初に体系化する『女性の歴史』全四巻（一九五四〜五八）を刊行するなど、数多く著書を世に問い、女性史学に前人未到の領域を拓いた。

うんぬんとこちらごとき門外漢が喋々するのはお門違い非礼きわまりないというもの。このことで興味のある向きは直接にそれぞれの著作に当たられたし。ついてはここでいま一度彼女の「森の家」籠りにおよぶことにしよう。

†

私はこの窓からそれを見るのだ／人が寝ている夜なかでも／はるか向こうに柔和な白さで／私といっしょに起きている富士を

（同前〈一九四六年〉の項「富士」）

いやはやまたもやの、この「富士」だが、どういったらいい。大正九（一九二〇）年、上京の日に初めて遠く仰いだ「柔和な白さ」。刻苦の日々、みずから坑夫に譬えた一日の遅怠も許さない、研究の仕事。

というところで思わされるのである。こちらはそんなにもこの「富士」にこだわるわけではない。だがどうしてすがらんばかりに「富士」たよりになってしまうのか。どこかちょっと危うくないかと。「富士」（＝日本）」、ここではそこらを詳しくはしないが、いうたら、それは逸枝の戦中の言動をめぐってどうにも了解し難い点がある、だからだ（このことでは全集においても伝わるところ憲三の手が入った模様らしければ明らかに検証しようがない）。ついてはつぎの論考を読まれたくある（参照・西川祐子『森の家の巫女――高群逸枝』、山下悦子『高群逸枝論――「母」のアルケオロジー――』）。

いまこのことに関わってそうである。つぎのような詩をどう読まれましょうか。ここにちょっと引いてみたくある。

ね　ひとりお美しいお富士さん／あんたの姿も／なんのことはない／ほんのちょっとばかり大きなバラックの屋根だよ／やけにからっ風が吹きまくってさ／ああああ　わたしゃおしっこがしたい

（深尾須磨子「ひとりお美しいお富士さん」）

深尾須磨子（明治二十一／一八八八〜昭和四十九／一九七四）。与謝野晶子に並ぶ女性詩人？　だが一般的に名前を知られなく、その詩史上の評価も定まってない。この人は毀誉褒貶の固まり。昭和十四（一九三九）年、毎日新聞の特派員として派遣されて渡欧。その折、ムッソリーニと握手した感激を正直に詩に書きファシストの烙印を頂戴する。敗戦後、須磨子、みられるとおり、戦時の不明を悔いてこの詩を書き「富士（＝日本）」と「わたし」を哄笑、したのだろうと。などとはこれだけにして切り上げることにするが……。

†

さて、つらくきびしい日課を貫き切ったのはむろん逸枝の堅い心はいわずもがな。くわえて憲三の尋常ではない滅私的なること一途な献身であった。

そしてそれにとどまらない。そこにはそう、小さな生き物らの支え、があったのだ。どういうことであるか。

このことでは、そうなのである。つぎのような前掲の「森の生活」の一節をみられたし。これがじつに、よろしくあるのだ。

森には、尾長、ヒヨドリ、四十雀、ツグミ、キツツキ、ミソサザイ、ウグイス、ホオジロ、メジロ、モズ、スズメなどいろいろな鳥がおとずれた。「ちょっとこい〔コジュケイ〕」も巣をつくり、子供をそだてて、親子づれで玄関にやってきた。時には長虫〔蛇〕も玄関をのぞいた。

私の書斎には、夏になると土バチがきて、書物の裏に巣くった。秋になると、窓のカーテンにくるまって、セミやミツバチたちが、あたたかく死んでいった。そのつぎには、テントウ虫たちが、おおぜいやってきて、壁の一隅に冬ごもりした。

などとまるで前章の鳥聖悟堂の「野鳥の放し飼い」のありさま。そこで列挙される「カケス、ヨシゴイ、アカモズ、オナガ、アカゲラ、モズ、サギ類、オオコノハズク、……」さながらの仰山さったら。

鳥たちや、虫たちや、蛇さんや。いうなれば森の家を訪れてくれる、武蔵野の地の仲間連れ、それらから生きる力を授かるぐあいか。

このことに関わり逸枝と憲三の間には子供がなかった。いやさきに書いたように、憲平と名づけていた胎児を亡くしている。それもあってか森の家で飼っていた鶏をあたかも子供代わりに可愛いがっていたよし。逸枝は、この一事がのちに深く研究に繋がったと回想する。いやこれが素晴らしいのだ。

産児は社会全体によって守られねばならず、これを阻害する条件はすべて排除されねばならないという強い意欲を、私は胎児の意志として感じた。数千年来、産児は各自の家々の私的保障にゆだねられてきたが、そうすると各自の家々の貧富の差別によって歪められねばならない。これは胎児の意志ではなく、したがって母性の意志でもない。だから私は、その後、自他の無知や、その他あらゆる障害物に阻まれながらも、この一点を追求するための火を燃やしつづけ、けっきょく母子保障社会の必然性を歴史的に実証しようとして女性史研究に入った。

（『火の国の女の日記』）

樹々で囲った森の家の日々。快く静かではあったが、冬は厳しかったろう。それこそそう、独歩の以下の記述、さながらにも。

†

〔明治〕三十年一月十三日――「夜更けぬ。風死し林黙す。雪しきりに降る。燈をかゝげて戸外をうかがふ、降雪火影にきらめきて舞ふ。あゝ武蔵野沈黙す。而も耳を澄せば遠き彼方《かなた》の林をわたる風の音す、果して風声か。」

同十四日――「今朝大雪、葡萄棚堕ちぬ。／夜更けぬ。梢をわたる風の音遠く聞ゆ、あゝこれ武蔵野の林より林をわたる冬の夜寒《よさむ》の凩《こがらし》なるかな。雪どけの滴声軒をめぐる。」

（国木田独歩「武蔵野」）

さらにはそうである。近くに住む徳冨蘆花が書き記す。そのようにもひどく。

「粉雪がちらちら、止みて日出でたれど、底寒きこと甚しく、北風《ほくふう》終日膚《はだへ》を刺す。／日落ちて天紫なり。葉落ち尽したる欅《けやき》の大樹、〔略〕一枝々骨を刺して寒きを覚ふ。上に蒼ざめたる月あり、空に氷つきたる様なり」（「寒樹」／『自然と人生』）

寒気、そして、空腹。敗戦後三年、夫妻共通で書き合う『共用日記』、昭和二十三（一九四八）年四月十三日の記にみえる。

まいとしいまごろ／やさいがなく／主食もつきる／二人はひもじい／やせた二人／しょうことなしに／じっとしていると／ああうつくしく／はるさめがふる

（「春の空腹」）

それからさらに歳月をかさねること、東京オリンピック二年前、『老女性史家の日記』、昭和三十七（一九六二）年七月三十日の記にみえる。

われら貧しかりしかど／二人手をたずさえて／世の風波にたえ／運命の非なるにも克ちて／ついに今日にいたりぬ／いのち終るまで／またかくてあるべし／しかしてその日きたらば／最後の一人この書を墓にもちゆき／泥土に帰さん／相見しより45周年／一九六二年七夕前夜

（「誓い（案）」）

昭和三十七（一九六二）年、最後の愛鶏タロコ死亡。九月、自伝『火の国の女の日記』を書き始める。昭和三十九（一九六四）年、年初から全身に甚だしい疲労をおぼえ、視力が衰え、四月には激痛を伴う顔面疱疹（ヘルペス）を患う。

六月七日、逸枝、癌性腹膜炎、栄養失調により、死去。享年、七十。歳月は過ぎる、しかし長くも長くその、仕事は残ろう。

わが道はつねに吹雪《ふぶ》けりさりながら　　逸枝

逸枝。その詩と思想から大きな影響を受けた同郷の後進、石牟礼道子は偲ぶ。
「思えば森の家とは、高群逸枝とその夫憲三との住んでいた、最初のクニというか、祭祀所を意味していた。そこはまた、彼女の詩と学問を象徴する場所でもあった。象牙の塔の学問というものが仮にあるとすれば、それはわたしたちには縁がない。けれども、〈森の家の詩と学問〉というものがあることを、このふたりが示したことによって、詩と学問は、いつでも万人のためにひらかれていることをわたしたちは知る」（『最後の人　詩人　高群逸枝』）

追記。さて、しまいにきていまその「森の家」はいかがなっていようか。昭和四十一（一九六六）年、逸枝の遺言により、昭和六（一九三一）年以来、三十余年住んだ、三十坪ばかりのペンキのはげた洋館「森の家」は、憲三により解体。家財道具はもとより、幾千冊にもおよぶ研究資料、逸枝愛用マンドリンまで、一切焼却された。きょうのいま跡形もなく更地になること、わずかに往時の武蔵野の面影をとどめる桜公園（世田谷区桜二―七―三）、そこの一画にそれと碑が残っているのみ。滑り台や砂場などの遊具の上に数本の巨樹の影。二百坪の児童公園の奥にある「高群逸枝住居跡の碑」。碑面に刻む詩は「春逝く」。

時のかそけさ／春逝くときの／そのときの
時のひそけさ／花ちるときの／そのときの

【参考】

①「女性史研究の立場から」

女性史は、まったく新しい分野を開拓するものであって、この研究が進められて行けば、当然従来の史観の誤謬を訂正する部分も多いはずである。

私もこの研究に専念するようになって、まだ十五、六年ぐらいにしかならないけれども、それについて気づいている事例はすくなくない。私は第一巻「母系制の研究」を出してから、第二巻「招婿婚の研究」に没頭し、まだ成稿の運びにいたっていないが、この招婿婚の問題にしても、考えさせられることが多い。

招婿婚の語は、一般に学術語化しているから、私も便宜上用いるわけであるが、語義からいえば、matrilocal marriage（母所婚）か、わが古語の妻問（ツマドヒ）とするのが正しいであろう。もっともわが国では、同様式のものを時代によって「妻問」と「婿取」（ムコトリ）とに呼び分けている。すなわち妻問（またはヨバヒ）の語は、「記紀」「風土記」「万葉」「伊勢」等にまで見え、それ以後の「源氏」「栄華」等から、終焉期の「徒然草」等にかけては「婿取」とかわっている。

これには理由があるのであって、前者は原則として夫婦別居の時代で、文字通り夫が妻を問う――モルガンの対偶婚に似た――婚姻の時代である。後者は妻家を起点としての一夫一婦的同居の原則が樹立された時代であるが、これを社会経済史的にみるならば、前者は原則的にいって氏族共有を反映しており、後者は荘園私有に基礎している。

つまり招婿婚は、国初以前から室町におよぶ長期間継続した著名な現象であるが、その内面に母系族制から父系のそれへの完全移行を、きわめて秩序正しく具体的に裏づけているのである。

くわしいことは、拙著にゆずるほかないが、とまれこうした事実があきらかになれば、家族制も爾余の制度とおなじく発展的なものであり、俗間に、「わが固有の家族制度」などと現行家族制に固定性、永遠性を付与していることの虚妄も消散するであろう。

まして、従来のわが歴史家たちが、招婿婚を特殊の小現象と片づけたり、好ましくない習俗と見なして、故意に不問に付すようなことをあえてしていた非学問的な態度も是正されるであろう。

見て見ぬふりをしたり、ことさらに軽視したりすることをやめて、なにごとも謙虚に、学問の対象としてとりあげ、さらにそれを人類史的関係にまで引きあげ、普遍化することにこそ、学者の本領はあるべきであろう。

アメリカの社会学者モルガンが、微々たるハワイの一習俗に、人類の始原社会を想定し、革新的史観を樹立したことなど学ぶべきであろうと思う。

（『高群逸枝全集』第七巻）

第六章　禍　石川啄木「飛行機」、吉増剛造「織物」

こちらの住む住宅地の近距離に巨大な工場群が広がっている。有名な横河電機の本社だ。工業計器・プロセス制御システム専業の大手電機メーカー。この分野では国内最大手、世界六大メーカーの一つというグローバル企業だと。しかしなんで、どうして雑木林だったはずのわが住まいの近くにこんなどでかい大企業ががんと、ありうるのか。

わけがわからない。いまとなってはもう推測すらできそうにない。だがそれがじつはなんと飛行機、それもなんでそうなのか、軍用機のためというのである。そこにはつぎのような事情があったのだそうだ。こういうことである。

明治三十六（一九〇三）年、ライト兄弟による動力飛行の成功のニュース。それから僅か八年後、明治四十四（一九一一）年五月には早くも、われらが国産民間機の初飛行が成功したとか（軍による飛行演習での初飛行は明治四十三〔一九一〇〕年十二月）。まさに初期の飛行機の進歩は爆音的だった。

ところで明治の時世において、民衆にとって飛行機はまだまだ奇々怪々なる存在であった。いうならば開化的な見世物よろしかった。空中サーカス……、アクロバット操縦……。それはとびっきりの新聞の呼び物であって、曲芸飛行や郵便飛行の競技会には、たいへんな観客が押し寄せたものだとか。

明治四十四（一九一一）年四月一日、埼玉県入間郡所沢町（現・所沢市）に日本初の飛行場（臨時軍用気球研究会・所沢試験場）が開場。
「東京市に何か大きな式典などのある時には、きまって、飛行機が二台も三台も揃って、所沢《ところざわ》からやって来た。時には、低空飛行をやって、銀座や日本橋の人家の上五、六十米《メートル》のところをわざと低《てい》徊《かい》して飛んで行ったりした。ある時は、大きな飛行船が、青山の練兵場の上で、その操縦力を失って、不思議なその怪魚が……」（田山花袋『東京の三十年』）
飛行機は、「所沢からやって来た」！　所沢飛行場、なんとそのはじめ四機の輸入飛行機から出発したのであると。などとはさてじつに重要なのはこのこと、これをもって武蔵野の軍都化の第一歩となったのだ、とそのように認識しなければならない。

†

ついに日本初の飛行場お目見えした！　そのニュースを日記につぎのように、いったいどのような気持ちがすることとなのか、とどめおいた詩人がおいでになる。ほかでもない、石川啄木、なのであった。

四月二日　朝には莫迦に寒かつたが午後には暖かくなつた。新聞には花の噂と飛行機の話が出てゐた。
（「明治四十四年当用日記」）

石川啄木（明治十九／一八八六〜明治四十五／一九一二）、岩手県南岩手郡日戸《ひのと》村（現・盛岡市）生まれ。歌集『一握の砂』『悲しき玩具』、詩集『呼子と口笛』、評論「時代閉塞の現状」ほか。『啄木全集』（全

八巻　筑摩書房）。

新聞の「花の噂と飛行機の話」の記事。啄木、いやそんな、ときになにあってかその朝に目にしたニュースを材に詩をものしてまでいる、なんでまた？　おかしい、いまこれから俎上にのせんという作品がそれだけど、ふしぎだ。

「飛行機　一九一一・六・二七・TOKYO」。

空を飛ぶ飛行機を詩に書く。そのことでもっていったい何を訴えようとしたものであろうか。まずはそれが、いかような作品であるのか、みるとしよう。

いやそのまえにこれだけはいま一度、確認しておくことにしたい。独歩の「武蔵野」を、言葉を無くすほどにまったく、灰燼に帰させたのはほかでもない、飛行機の登場だ。とそのようにはっきりと一言、断言してからいよいよはじめる。

†

見よ、今日も、かの蒼空《あをぞら》に
飛行機の高く飛べるを。

給仕づとめの少年が
たまに非番の日曜日、
肺病やみの母親とたつた二人の家にゐて、
ひとりせつせとリイダアの独学をする眼の疲れ……

見よ、今日も、かの蒼空に
飛行機の高く飛べるを。

†

石川啄木。明治四十四（一九一一）年、じつにこの年初からそれはひどく痛々しかった。まずそこには前年の大逆事件（明治天皇暗殺計画の発覚に伴う弾圧事件。幸徳事件。明治四十四年一月、幸徳秋水ら十二名、死刑執行）の衝撃があったこと。それとあいまってまた、かねてより重篤であった腹膜炎の壊滅的なまでの進行がここにきて、みられるようになった。

四月、「死身でやらう」とした文芸思想誌「樹木と果実」の発行断念やむなくにいたる。五月、病の床で秘かに事件の真相を世に伝えるために、秋水の「陳弁書」を筆写したものに前文を付した檄文「A LETTER FROM PRISON 'VNAROD' SERIES'」、評論「時代閉塞の現状——強権、純粋自然主義の最後及び明日の考察」を書きつぐ。この間、病状は肺結核に移行し、しだいに衰弱してゆく。さらには妻節子の帰省の願いを拒否、妻の実家堀合家と絶縁にいたる。起こるすべてが悪いことばかり。

啄木、かくして急遽、懸案の詩集『呼子と口笛』の出版を、構想するのだ。一集には激調の「はてしなき議論の後」「ココアのひと匙」「激論」の連作が収載され、そのしまいに「飛行機」がおかれる。つまりこの一篇が啄木の最後の詩作となるのだ。これだけでも記憶されてしかるべき一事であるだろう。それではここからみてゆく。

†

おそらく下町の粗末な貸間の一室であろう、「肺病やみの母親」と、「給仕づとめの少年」は、ひっそりと身を寄せ合い暮らしている。とすると遅からず彼もまた病むのは免れない！　少年は、しかしなぜここにいたって「リイダアの独学」をしなければならないのか。あるいは洋行のため？　はたまた出世したく？　そんなありそうもない現実というものだろうそれは。だけどなんという詮方ないような没頭ではないだろうか。はたして少年の独学は結実をみるか。むろん、否《ノン》！　なりだ。

それはさてとしてなんでまた？　どうしてここで「飛行機」であるのだろう。あるいはこういうことなのか。

武蔵野の空へ、飛行機が飛ぶ！　病床の啄木、このニュースを思い出すたびに、大空へイメージを飛翔させること、われとわが身を哀れんだのでは。もうほとんどやけっぱちデスペレートよろしくなってしまって？

いましも少年はというと、疲れた眼で、「飛行機の高く飛べるを」、仰ぎ見る。空を震わす爆音と白い煙。それこそまさに文明の先端たる機影を遠（怨？）望するようにもして。詩の少年と母親はほぼそっくり、啄木と母カツとみていい。

明治四十五（一九一二）年三月初め、母死去。もはや緞帳なりだ！　もはや墜落なりだ！

四月九日、啄木危篤の二日前、じつは歌友の若山牧水が見舞っている。病人は、このとき枕許の小さな薬箱を指さしていう。これを「この薬を飲めば病気は治るのだが買う金がない」のだと。牧水にはむろん、持ち合わせなく、心当たりをたずね歩くものの、工面できない。

それで戻って机の上を見るとなに、そこに歌稿「一握の砂以後」(没後刊行『悲しき玩具』一九一二)がある。ですぐに土岐善麿を介して歌書出版の東雲堂書店に掛け合って二十円を借りて薬代に当てた。歌集の冒頭に載る一首が酷薄だ。

呼吸《いき》すれば、
胸《むね》の中《うち》にて鳴《な》る音《おと》あり。
凩《こがらし》よりもさびしきその音《おと》!

四月十三日、啄木、急死。享年二十七。牧水は、しめやかに悼むのである。

四月十三日午前九時、石川啄木君死す。

初夏の曇りの底に桜咲き居りおとろへはてて君死ににけり
午前九時やや晴れそむるはつ夏のくもれる朝に眼を瞑《と》ぢてけり
君が娘《こ》は庭のかたへの八重桜散りしを拾ひうつつとも無し

(『死か芸術か』)

「見よ、今日も、かの蒼空に／飛行機の高く飛べるを。」どんなものだろう。さいごしまいにこの詩について以下のような評言があるのを挙げておこう。いかがとられますか。

「……「今日も」と啄木が表現したのは、飛行機が青空高く飛ぶ時代の到来に〝希望〟を見たからに他ならない。「飛行機」を単なる希望の象徴ではなく社会主義、「少年」を民衆とし、民衆の中に分け入ってゆく社会主義者啄木を読む読み方、また、第一、三連に啄木の浪漫主義を、第二連に自然主義を見、啄木は両者を最後の詩において調和させえたとする説もある」(戸塚隆子「鑑賞」／『日本名詩集成』)

「飛行機」、いったいぜんたい、その機影が何を象徴する、ものではあるのか？　そんな「〝希望〟」だって？　なんてまったくありそうにない子供遊びの模型飛行機みたいなみかたがありうるというのか……。

†

そのこととは直接に関連などないのだが。啄木の死から十七年後。つぎのような遊覧の飛行があったのである。

大正三（一九一四）年七月、第一次世界大戦始まる。大正十一（一九二二）年、帝都防衛のために陸軍飛行第五大隊が岐阜県各務原から立川に移駐されて、陸軍航空部隊の中核拠点として、立川陸軍飛行場開設をみる。立川駅北側には広大な土地があり、燃料や兵員輸送などの軍用列車を運用するにも格好な立地だった。

立川飛行場のその大きなこと、ときにまだ首都に羽田の飛行場もなく、なんと昭和の初めまで民間飛行機にも利用され、国際空港として知られていた。その頃に目出度くもつぎのような新聞ニュースのでっかい大見出しが躍った。

昭和四（一九二九）年十一月二十八日、斎藤茂吉、前田夕暮、吉植庄亮《よしうえしょうりょう》、土岐善麿（啄木の親友だ）の四人の歌人が朝日新聞社機に搭乗、機上で競詠！　ときいまだ平和ボケ時世だったのだ。立川から関東上空を飛び廻る二時間余の飛行で、茂吉、歌集『たかはら』に、「飛行機」の題で四首、「虚空小吟」の題で四十六首の多くを寄せた。ここでは茂吉にかぎってうちの幾首かみよう。

雲のなか通過するときいひしらぬこの動揺を秀吉も知らず
丹沢の上空にして小便を袋のなかにしたるこの身よ
われより幾代か後の子孫ども今日のわが得意をけだし笑はむ

ご接待の大空の競詠だ。以上、三首はいかにも茂吉らしいお道化。ついてはぜひこの一首はとどめられよ。ほんとうなんとも意味深ではないかこれが。

電信隊浄水池女子大学刑務所射撃場塹壕赤羽の鉄橋隅田川品川湾

大空の陽気な競詠。それからほどなくして、軍靴の音が高鳴る、ようになりつつあること。武蔵野は、つられるようにも、京浜工業地帯の衛星都市、さらに首都防衛の重要拠点として、軍需工業化が推進急、となってゆくのだ。そこらをここに順にかいつまんで挙げてみよう。

昭和六（一九三一）年九月、満洲事変。これを機に立川飛行場が、軍事基地専用に変わった。昭和七（一九三二）年一月、上海事変。

昭和十（一九三五）年、横河電機製作所（高度計、速度計などの航空計器の製造）本社が、渋谷から北多摩郡武蔵野町（現・武蔵野市）に移転。工場用地五千坪。

昭和十二（一九三七）年七月、日中戦争勃発。

昭和十三（一九三八）年三月、昭和飛行機工業東京製作所（DC－3〔零式輸送機〕製造）が、昭和町（現・昭島市）に設立。四月、中島飛行機武蔵野製作所（航空機用発動機の製造の最大工場）が、武蔵野町で操業開始。就業人員、機械台数三万強の大企業に発展する。

昭和十四（一九三九）年七月、砂川村（現・立川市）に陸軍航空審査部飛行場が開場。九月、第二次世界大戦始まる。

昭和十六（一九四一）年四月、調布飛行場完成。同十二月、太平洋戦争始まる。

昭和十七（一九四二）年、日立製作所中央研究所が、国分寺町（現・国分寺市）に開設。

†

だんだんとへんに重苦しい空気になってくる。いよいよ武蔵野いったいが軍需工業集積地としての凶悪相をみせる。そうなるといかな事態が生起していようか。

ひょっとしてこのとき啄木の「飛行機」の少年が存命なままであったとしたら。はたしてそんな嬉しげにも、「見よ、今日も、かの蒼空に」、なんぞと仰ぐものだろうか。

いやそれはぜったいありえないのではないか。これからさらにどんどん武蔵野の空の雲行きは怪しくひどくなってゆく。そのことばかりがあきらかであったのだから。

というところで一拍おくことにして。じつは啄木につぎのような看過してはならない草稿がある。ここにどうしても紹介しておくべきだろう。

やがて世界の戦《いく》さは来らん！／不死鳥《フェニックス》の如き空中軍艦が空に群れて／その下にあらゆる都府が毀《こぼ》たれん！／戦さは長く続かん！　人々の半ばは骨となるならん！／しかる後、哀れ、しかる後、我等の／「新しき都」はいずこに建つべきか？／滅びたる歴史の上にか！　思考と愛の上にか？否、否。／土の上に。然り、土の上に。何の――夫婦という／定まりも区別もなき空気の中に。／果て知れぬ蒼《あお》き、蒼き空のもとに！

（「新しき都の基礎」／「ローマ字日記」明治四十二〔一九〇九〕年四月十三日）

これをいかに読まれることだろう。ほんとなんとも予兆にみちた凄すぎる詩篇ではあるまいか。いやちょっと震えがくるようでは。

なんといったらいいものか、「その下にあらゆる都府が毀たれん！／戦さは長く続かん！　人々の半ばは骨となるならん！／しかる後、哀れ、しかる後、我等の／「新しき都」はいずこに建つべきか？」とまでおよんでいるとは。

これをみるにつけ啄木の「飛行機」の少年はというと、「見よ、今日も、かの蒼空に」ということは、「やがて世界の戦さは来らん！」とそのように空を仰ぎ見ていたとも？

詩とは、舌足らずな表現である。それがどこかで詩の良き点でもあること。どこまでも想像がふくらむ。広島、長崎……。

ということからつぎの稿へ入ってゆくことになる。石川啄木とはおよそ縁なきような戦後詩人。それではこれからこの名を挙げてすすめてゆこう。

ほかでもない。じつはこの詩人が幼い日、「不死鳥の如き空中軍艦が空に群れて」、武蔵野が「毀たれん！」恐怖に打ち震えていた。だからである。

吉増剛造（昭和十四／一九三九〜）。東京府下阿佐ヶ谷生まれ、西多摩郡福生町（現・福生市）に育つ。それではここから詩「織物」（『草書で書かれた、川』一九七七）をみることにしたい。はたしてこの作をさきにみた、啄木の「飛行機」の少年は、どのように読むことだろう。

†

宇宙の一部分、銀河のあたりに、わたしは秘密の織物工場をもっている。

終戦後、弾丸工場はつぶれ、八王子空襲の夕焼け空を背に、一家は引越してきた。血のにおい上空にたなびき、朝鮮半島へロッキードF80は飛んだ。

いま武蔵野に風が吹いている。ああ、わたしの影法師は非常な熱病におかされて、もう宗教でも癒せぬ。恒星のかげ。

銀河の機《はた》。

竹馬が壁にうつっている。

美しいかたちの
太腿のように。

かがやく
曲線《カーブ》を
縫う。

武蔵野に風吹き。経目《たてめ》と横目《よこめ》に狂いが生じている秘密の織物工場で、まだ、梭《シャットル》が人絹を打撃し

ている。ああ、飯能の織女《おりこ》よ。繭《まゆ》と筬《おさ》。女陰と男根と。ジェット機が上空を通過する、機銃掃
　射のトタン屋根。
宇宙を紡《つむ》ぐ。
指。
織る。
うねる。
いま武蔵野に風が吹いている。オレンジ色の電車がユ――と走ってきて、停車場《ていしゃば》の引込み線をゆ
　るやかにふくらんでゆく。連結器の腰骨とフレア・スカート。
ああ
哀号の
タンク車よ。
いまも武蔵野に風が吹く。わたしは宇宙のもっとも薄暗いところを通って、少年時代をすごした
　ようだ。だから黒点が好きなのさ。
恒星の沸騰点。
春蘭の橋。
わたしは
美しい着物のような
川をわたる。
*MP*のまねをして。

武蔵野に風吹き、電灯がゆれている。もう、彼岸《あっち》だろうかと耳をすますよ。寧楽《なら》時代には古名麻《ふさ》。
やがて福生《ふっさ》とよばれるようになったところにある、秘密の織物工場。

宇宙的な名の
加美《かみ》や志茂《しも》。
風が吹く。
織目の
筬《おさ》。

秘密の織物工場でわたしは筬《おさ》に糸をとおしていた。左の親指の爪をさしこんで、母から経糸《たて》を引いていた、軍需工場あとの織物工場。
破産するのかしら。
ももひき買って。

梅ケ香の
青梅《おおめ》の夜具地。
宇宙を紡《つむ》ぐ。
織る。
筬《おさ》
と
麻《あさ》。

風吹きつのる武蔵野の、多摩川の河岸段丘を一つ登ってゆくと横田基地。もはや草ぼうぼう、ただ赤線地帯が幽かに浮かびあがってくる、ロケットのギャソリン。
麻《あさ》の
風。

宇宙の一部分、銀河のあたりに、わたしは秘密の織物工場をもっている。そこから夜空へ毎夜、小舟の形をした梭《シャットル》が発射されている、秘密の織物工場である。

†

吉増剛造。時代の曲折点の一九六〇年代に鮮烈に登場後、つねに詩の前線を疾走してきた、現代日本を代表する先鋭詩人。

「織物」、はじめに断っておく、まずもってこの作品はいかにも先鋭らしく一読卒然とは理解しがたい表現があることを。でそのあたりはこの稿ではあえておいて、ここでは当方なりに読解していく、そのように辿ってゆくことにしよう。じつはこの作品にはつぎのような背景があるのだ。

吉増は、福生育ち。どういうか、さながら爆音を子守歌かわりに育つ小児期であった、とおぼしい。高校は立川高校に在学。

昭和十九（一九四四）年十一月二十四日、B29が初めて編隊で来襲し、武蔵野町の中島飛行機武蔵製作所を爆撃。なにしろときに中島飛行機は東洋一の発動機工場といわれていた。これから当地は数日おきに爆弾に見舞われる。

それと時を同じくして、都心では夜間の焼夷弾攻撃で神田周辺が焼野原に。以来、B29による空襲は熾烈を極める。昭和二十（一九四五）年三月十日、東京大空襲。二時間半の空襲で一千七百八十三トンの焼夷弾が投下され、十万人もの人が殺された。

そして作品にある「八王子空襲」による殺戮である。同年、吉増、六歳。八月二日未明、アメリカ軍が八王子と周辺の町村に対して行った大空襲。百五十機のB29の焼夷弾攻撃により市街地の八割が焼失、焼失家屋一万三千五百三十八戸、罹災者約七万三千五百、死者三百九十六人の犠牲を出した（『八王子の空襲と戦災の記録』八王子市教育委員会）。そうここで前記の茂吉の意味深の一首を想起されたくある。

「電信隊浄水池女子大学刑務所射撃場塹壕……」、これらありとある一切合財皆灰燼に帰すことになったのだ。人は炭と化し燃え死んだ。

このときに吉増の父はというと、なんとも昭和飛行機工業の零戦製造の技術者であった。そんなしだいなれば、「機銃掃射のトタン屋根」「終戦後、弾丸工場はつぶれ」というようなしまつ。戦時中、武蔵野。たしかにいったいは軍需工業の一大拠点としてあったこと。そんなので爆弾をひどく面白いように落下されたのだ。

ということで吉増がなぜまた、この詩に「織物」と題した、のであるか想起されたくある。それはそうである、じつはこの地はそれ以前、まったく様相をたがえて平和なること、織物でこそ知られていた、だからなのである。

†

武蔵野の第一の地場産業は織物。わけても桑都・八王子は古くから養蚕や織物が盛んだった。明治三十年代半ばまで、家内工業的経営が主流で、農業の副次的な織物生産の延長上にあり、周辺の青梅や山沿いの村々が中心だった（参照・第一章、第十章）。それが動力織機導入以後、機業家（機屋）が市街地へと移動する。だが八王子空襲により壊滅的打撃を受けて、終戦時残った工場は、昭和十六（一九四一）年の約五分の一にすぎなかったと。

そのような苦境の下で吉増の父はどうしたか。じつはそのさき弾丸工場で協働していた織物工場主らの助力をたよること、みようみまねで細々と機織りを始めるのである。

それがそうだ、「軍需工場あとの織物工場」というしだい。だけど素人商売もいい。剛造少年、そんなので、「破産するのかしら。／ももひき買って」ちょうだい、そうしてまた、「梅ヶ香の／青梅の夜具地〔青梅縞がルーツの寝具生地〕」もどうぞとか。おかしくも悲しいかぎり。ガンバル！

しかしながらときにこの少年はこういいはるのだ。「宇宙の一部分、銀河のあたりに、わたしは秘密の織物工場をもっている」。これはいったいどういう意味のことではあるのか。

「織物工場」、これぞ未来を象徴しよう、平和産業。ついてはいかがなものであろう。いやこのリフレインこそはそう、父親とその世代への少年がする反抗そして独立、そのつよいメッセージなのでは。そういったらおかしいだろうか。

さらに、「寧楽時代には古名麻。やがて福生とよばれるようになったところにある、秘密の織物工場」とする。くわえて、「宇宙的な名の／加美や志茂」というが？　これは実際いまも福生にある地名。そもそも福生の由来にも諸説あること、「古名麻。やがて福生とよばれるようになった」ほかにアイヌ語由来説など多数あるのだと。少年は、古《いにしえ》よりつづく地を誇らしく想起しやまない。だけどほんと現実はあんまりだ。

昭和二十（一九四五）年八月、日本の敗戦が決すると、早くも九月には立川も横田も米軍に接収され、立川基地、横田基地（立川基地の付属施設として「多摩陸軍飛行場」）設置。立川基地は「FEAMCOM（Far East Air Material Command）／フィンカム」と呼ばれ、GIが闊歩する街へと変貌。基地労働者に加え、米軍兵士たちを相手にした赤線地帯には多くの女性たちが集まった。

ほんとなんと、「もはや草ぼうぼう、ただ赤線地帯が幽かに浮かびあがってくる」というひどさ。バラックと壕舎だらけ。買出し、タケノコ生活。つらくも少年の赤い目にひどい、敗戦国の、あんまりな、屈辱的な、たまらぬ風景が繰り延べられる。

「川をわたる。／*MP*のまねをして」。なんてなんだかちょっと被虐的でもあったりして（参考①）。しかしなにはともあれ堅い少年の志はつよくあるといおう。

「宇宙を紡ぐ。／織る。／筬／と／麻」、「麻／の／風」「そこから夜空へ毎夜、小舟の形をした梭が発射されている、秘密の織物工場である」

というところでさいごしまい。かくして大戦後、ほとんど焼野原になった、武蔵野はどうか。いかがなことになっていよう。

昭和二十五（一九五〇）年六月、朝鮮戦争始まる。詩に、「血のにおい上空にたなびき、朝鮮半島へロッキード*F80*は飛んだ」の行。ロッキード*F80*は、第二次世界大戦中にアメリカ陸軍航空軍が採用したロッキード社製のジェット戦闘機。朝鮮戦争が勃発すると、旧式化しつつあった*F80*も制空任務に当初投入され、極東最大の輸送基地である立川基地から飛んだ。

ここにきていま一人の詩人を登場させたくある。それは吉増の一級下の清水昶《あきら》である。清水は、西多摩郡多西村（現・あきる野市）で中高生時代を送った。基地の町は福生の近くあって、学校は大荒れに荒れていた。いつかこんな詩を書いている。

むかし学校には、たいてい「刺客」の目をした子供がいた／親殺し　ほんとうに刺し殺してしまうのだ／東京都秋川市　ぼくとは話ひとつしたこともない／となりの席の中学生が　沈黙をひきぬいて／殺《や》った／その酒乱の父親は／紫陽花の乱れ咲く庭で飛び出しナイフで一突き

（「学校」／『学校』）

どのような裏の事情があるのはさておいて。あるいはそんなものはなくても。戦闘機が爆音上げ学舎震わす基地近く。そこでこんな事件が起こっているのだ。おそらくしょっちゅう。というところで知るべきであろう。それはたしかに復興は迅速ですらあった。しかしながら軍需工業地帯であればまったくもっていや、ほんとうに悲しくも切ないかぎり、それもなにも特需景気隆盛のおかげあってということを。つまるところ戦争で金儲けにあずかった。これをきっちと肚にしようではないか。

実際、旧昭和飛行機が東京製作所として、また赤羽軍工廠が富士自動車として、五百八十六の旧軍需工業が、在日米軍兵站部によって直接、米軍の利用に供せられたという（参照・中村隆英『昭和史Ⅱ』）。

武蔵野。さらに高度経済成長期になると、あまたあった軍事関連施設の多くの平和産業転用が進められること。臨機応変！　あちこちに新しく研究所、学校、病院、公共施設などが建てられるのだ。そうしてわたしら新人種さんらが大挙して住みはじめ仕合せそうな武蔵野らしき町となったという。

なるほど、そのうちの一つがわが住宅地の近距離にある広大な横河電機なるいまの姿なるなりと、なっとく。

追記。かつての軍都武蔵野には幾十の戦時遺構がある。たとえば調布飛行場周辺に残る戦闘機の隠し場所・掩体壕《えんたいごう》。吉見百穴遺跡を利用して作られた吉松軍需地下工場。など多くのなかから当方、感心させられたそれを挙げる。

年間三百万人が訪れる世界一人気の山、高尾山。登り口の京王線高尾山口駅近にある戦時遺構、浅川地下壕。ほとんどの登山客にその存在は知られていない。敗戦の一年前、昭和十九（一九四四）年九月、工事開始された中島飛行機の地下工場である。約六ヶ月後、一部完成。敗戦までの二ヶ月の間に十台のエンジンを生産したという。じつはこの作業に千人を超える朝鮮人労働者が徴用された。現在、見学会あり。できれば実見されたし。

いま一つ。武蔵野大学（西東京市新町）構内に「散華乙女の記念樹碑」がある。当方、以前、当大学に非常勤で出講していたものの、在任中に事情疎く存じていなかった。合掌（参考②）。

【参考】

①敗戦国という経験から

太平洋戦争の敗戦によって、おそらく当時の日本人は、……その中には幼かったですけれどもわたくしも含まれておりますが、……原爆などの癒やしがたい「傷」とともに、もうどうしようもない「恥」

の感覚を植えつけられてしまいました。この敗戦という、実存レヴェルでの屈辱、「恥」の感覚。あるいは「核」という未知の原罪、……。さらには無邪気にそれまで信じていた価値の崩壊、そしてそのようなものを信じていた自分というものに対する根本的な「恥ずかしさ」……そんなさまざまな「恥」の感覚、あるいはなんと言いますか、一種もうどうしようもない「もどかしさ」という感覚が、この時代に生を受け、「戦後」になってあらたに詩の世界に登場した人びとの心の奥底には伏流をしているような気がいたします。

これは、戦争が根源的な悪であり、また先の大戦が「侵略戦争」であったとされることとはまったく次元を異にすることです。そのような表面上の善悪、……もちろん、それも大事なことですけれども、……も越えたところで、敗戦国の国民であるということには、やはりいいようもない「屈辱感」があるのではないでしょうか。そして実存が受けたそのような傷は、決して癒やされることはない」

例えば、わたくしの卑近な経験でいいますと、戦後すぐ、わが家でも生活が行き立たなくなって、「オンリーさん」―、……米兵の「愛人」をしていらっしゃるかたですね、……に部屋をお貸ししたんですね。そうするともう、真っ昼間っから米兵がその「オンリーさん」をわが家に訪ねてきて、ベッドで戯れているんです。子供たちには丸見えなんですけどね。そんな屈辱的な経験を、敗戦国の国民というのはしなきゃならないわけです。

（吉増剛造『詩とは何か』）

②あの日をわすれないために

アジア太平洋戦の末期になると、日本はアメリカ軍の空からの爆撃に襲われるようになります。一九四四（昭和十九）年十二月三日午後三時頃、B29による空襲がありました。この日、学院の校庭に六発の爆弾が落ちました。そして、そのうちの一発がこの防空壕に命中したのです。この防空壕に退避していた四人の生徒が尊い命を落としました。齋藤昭子さん、小林りつ子さん、赤沢ミヨさん、中根尚子さんの四人で、武蔵野女子学院高等女学校（女子に対して中等教育を行っていた教育機関）の最上級生の五年生、歳は十七歳でした。この日、彼女らは、空襲警報が鳴ると、学徒勤労動員先の中島飛行機武蔵製作所から母校へ逃げてきたのです。しかし爆弾は、防空壕の入り口付近で炸裂し、四人は数十メートルも吹き上げられ、二人は第一講堂の屋根に、二人は地上に落下しました。遺体が変形したほど悲惨なものだったそうです。校舎の裏側からは白い煙が上がり、テニスコート（現在の大学図書館あたり）の北側の土手（被爆側）は吹き飛び、コートは土砂に覆われてしまいました。戦況厳しき折、四人のご遺体は軍部によって処理されました。

（『あの日をわすれないために　武蔵野女子学院生の戦争証言集』武蔵野女子学院同窓会くれない会）

# 第七章　嬉　西脇順三郎「旅人かへらず」「十月」

心、みやこをのがれ出で、／夕日ざわつく林の中を／語る友なく独りでゆきぬ。／夏たけ秋は来《きた》りぬと／梢に蟬が歌ひける。／林を出で丶右に折れ、／小高き丘に、登り来れば、／見渡す限り、目もはるかなる、／武蔵《むさし》の野辺《のべ》に秩父山《ちちぶさん》、／雲のむす間に峯の影、／吾を来れと招きける、／吾を来れと招きける。

（国木田独歩「無題」）

繰り返す。独歩の「独歩吟」（『抒情詩』一八九七）、『武蔵野』（一九〇一）の上版。じつにその影響の絶大なろうこと。これまでどれだけ多くの者が蹌踉《そうろう》として、「心、みやこをのがれ出で、／夕日ざわつく林の中を」などと武蔵野をさ迷い歩いたことだろう。「吾を来れと招きける、／吾を来れと招きける。」

独歩、たしかに若い者らを武蔵野へ招じ入れたのだ。おかしないいかただが、それからこのかた独歩伝来のどことなく文学散歩臭のするような武蔵野歩きがつづいてきた、といっていいのではないか。当方もまぎれもなくその一人。

ところが、なんともなんとこの詩人の登場をもってあらたまった、のである。いってよければ、その歩行のリズムを、どういおうか縦書きをキーボードのワンタッチで横書きにするぐあいか、ガラリと一変した、そうしてしまった。

あたりまえだ。詩は母語（日本語）で書く。だがちがった。

西脇順三郎、まずもってその手始めから英語で書くこと、なんと初の詩集にして横書きというのである。綽名が「英語屋」。ノーベル文学賞候補なること四度だとか、国際派の詩人。であればここではそうだ、J・Nジュンザブロウ・ニシワキ、ということにするがいいか。

さて、J・Nそのさきにどこかでこの人を「フラヌール〔「Flâneur＝フランス語で遊歩者の謂」〕」と呼んでいるのをみている。いまここでその遊歩のさまを、もじること嬉遊曲ふうまがい、なんぞと見立てたらあやまりか？

などとはさておいて。それではこれからその歩みがいかにこの人らしいものであるか。そんなはなから急がずまず生い立ちから辿ることにしたい。そこらあたりをゆっくりと楽しみながら追ってゆきたいものだ。いかがなりますやら。

†

J・N西脇順三郎（明治二十七／一八九四〜昭和五十七／一九八二）、新潟県北魚沼郡小千谷《おぢや》町（現・小千谷市）に生まれる。生家は、元禄時代より縮《ちぢみ》問屋を代々営む地方名士で、父は小千谷銀行の取締役。少時より英語に熱中し、くわえて黒田清輝主宰の「白馬会」に入会するなど、絵画にも才能を発揮する。

明治四十五（一九一二）年、十八歳。慶應義塾大学理財科（現・経済学部）予科に入学。英書を読み漁り、フランス象徴派詩人の知識を得て、詩作を初めて試みる。大正六（一九一七）年、全文ラテン語の卒業論文を提出し、理財科を卒業。

大正十一（一九二二）年、渡英。ダダ、未来派、キュビズム、シュルレアリスムなど前衛芸術の美と思想の渦巻くロンドンで、J・コリアーやS・ヴァインズなどの作家、詩人らと交流。翌年、オックスフォード大学で古代中世英語英文学や言語学を学ぶ。英文詩集『Spectrum』（一九二五）を自費出版。「デイリー・ニューズ」と「タイムズ」の文芸附録の書評に取り上げられる。

大正十五（一九二六）年、三十二歳。母校の英文科教授に就任。昭和八（一九三三）年、詩集『*Ambarvalia*』〔アムバルワリア＝ラテン語で、古代ローマでおこなわれていた「豊穣の祭」の謂〕刊行。いったいぜんたいこの新帰朝者の詩がいかほど嬉遊曲的（？）で驚くべきものであったか。ここに少し引いてみる。

（覆《くつがへ》された宝石）のやうな朝／何人か戸口にて誰かとさゝやく／それは神の生誕の日。（「天気」）

カルモヂインの田舎は大理石の産地で／其処で私は夏をすごしたことがあつた。／ヒバリもゐないし、蛇も出ない。／ただ青いスモ、の藪から太陽が出て／またスモ、の藪へ沈む。／少年は小川でドルフィンを捉へて笑つた。（「太陽」）

いやどんなものだろう。それまでのニッポンにありえなかったこの、明晰な硬質の抒情、はじけるプリズムのようなかがやかしさ。しかしながらどういう。

昭和十三（一九三八）年、国家総動員法成立。おかしく時代が狂乱しはじめる。カッカッ、軍靴の音が街頭に響く、カッカッ。おかしく地球が暗転しやまない。昭和十四（一九三九）年、第二次世界大戦勃発。

J・N、昭和十二（一九三七）年七月の日中戦争開始前頃より余儀なく詩作を断念。原始文化、民俗学、古典文学に沈潜し、博士論文『古代文学序説』（一九四八）に専念する。苦しい沈黙の歳月を耐えること、新しい出発は戦後まで待つことに。

昭和二十二（一九四七）年、敗戦から二年、『旅人かへらず』刊行。これが画期の集成だった。一集百六十八の短詩から成る長篇詩。J・Nこれをもって戦中窮乏を忍びきり、ほんとにあらたに詩的再生を果たした。しかしながら一部にこの戦中沈黙をめぐって疑義がもちあがり、あわせて戦後の詩風についても、のちに研究者間で東洋への回帰云々と批判される、だがそのような専門的なことはさておいて。

いまここで強調力説したいのは、じつはそこに大きく武蔵野歩きが与っていること、そのあたりの詩的効能についてだ。それではここに少し引いて、できうればそのステップを嬉遊曲的（?）のリズムをよろしくまね、その背を追うことにしょう。

†

のぼりとから調布の方へ
多摩川をのぼる
十年の間学問をすてた
都の附近のむさしの野や

さがみの国を
欅の樹をみながら歩いた
冬も楽しみであつた
あの樹木のまがりや
枝ぶりの美しさにみとれて

或る秋の午後
小平村の英学塾の廊下で
故郷にいとはしたなき女
「先生何か津田文学
に書いて下さいな」といつた
その後その女にあつた時
「先生あんなつまらないものを
下さつて　ひどいわ」といはれて
がつかりした
その当時からつまらないものに
興味があつたのでやむを得なかつた
むさし野に秋が来ると
雑木林は恋人の幽霊の音がする

（四二）

櫟《くぬぎ》がふしくれだつた枝をまげて
淋しい
古さびた黄金に色づき
あの大きなギザギザのある
長い葉がかさかさ音を出す

（四三）

小平村を横ぎる街道
白く真すぐにたんたんと走つてゐる
天気のよい日ただひとり
洋服に下駄をはいて黒いかうもりを
もつた印度の人が歩いてゐる
路ばたの一軒家で時々
バットを買つてゐる

（四四）

あけてある窓の淋しき

（四五）

武蔵野を歩いてゐたあの頃
秋が来る度に
黄色い古さびた溜息の

くぬぎの葉をふむその音を
明日のちぎりと
昔のことを憶ふ
二三枚の楢の葉とくぬぎの葉を
家にもち帰り机の上に置き
一時野をしのぶこともあつた
また枯木の枝をよくみれば
既に赤み帯びた芽がすくみ出てゐる
冬の初めに春はすでに深い
樹の芽の淋しき

（四六）

†

J・N常日頃、好んで武蔵野を歩いた。わけても気が付くと多摩川へと足が向いていた。東京西郊の武蔵野台地と多摩丘陵を南東流して東京湾に注ぐ多摩川。

都会の川には独特の風情が漂っている。どういうのだろう。川沿いに住む人々の溜息や放心が漂っている。といってわかるか。田舎の川とは波風の様子を異にするのだ。

なにぶん当方がそうである。白山山系の水源の一つ九頭竜川、上流の奥も奥越大野の産（J・Nの郷里の小千谷には信濃川の清流が流れる）。まったく山家《やまが》もんとくる。それがただいま多摩川の流域からほど遠くない沿線に住んでいるおかげで、いつものようにその光景を車窓にしているのである。

擦過する車窓のそれはそれこそ分秒の眺望にすぎないのである。だがいつも目にする度に、なんとも寄る辺ないよな、ものの淋しい気というのか。ちょっといいようのない感情の波立ちにとらえられるしだい。おぼえないままにふいと電車を降りて河原を歩いたりしていることがある（参考①）。ときに胸にこんな一節をそれと響かして。

あかのまんまの咲いてゐる／どろ路にふみ迷ふ／新しい神曲の初め　（一一三）

というところでJ・Nの武蔵野歩きをめぐって。はたしていったいぜんたい、その遊歩者ぶり、はどんなふうであったか。それではここから前掲詩をみることにしよう。

（四二）、まったく唐突に、「十年の間学問をすてた」と言明している。「昭和十年（一九三五）四十二歳／この頃から昭和二十年頃まで約十年間、詩作活動は停止され、……」（「年譜」鍵谷幸信・作成）。それでこの鬱屈の「十年の間」に武蔵野歩きに目覚めたぐあい。ちょっとの暇でもあれば、「むさしの野や／さがみの国を」ほっつき歩きだしたと。この歩行に関わりつぎの短詩が浮かぶ。

よせから／さがみ川に沿ふ道を下る／重い荷を背負ふ童子に／道をきいた昔を憶ふ　（六五）

昭和二十一（一九四六）年九月、疎開先小千谷から上京。よりいっそう繁く盛んに武蔵野歩きに精を出すようになり、数年来温めてきた『旅人かへらず』を一気に書き下ろすことに。

（四三）、この「小平村の英学塾」とは、昭和九（一九三四）年より出講する津田英学塾（現・津田塾大学）のこと。また「故郷にいとはしたなき女」とは、おそらく、「その里に、いとなまめいたる女はらからすみけり」（『伊勢物語』初段）のもじり？　であろうが、その才媛〔亡国的英語堪能風淑女？〕をして「はしたなき女」とは痛烈、ではないか。どうだろうこの真剣めかした「つまらないもの」をめぐる論議といったら。なんともいかにもJ・Nらしい諧謔いっぱいでよろしくなくて。

（四四）、だがそれもなにも。ひどくおかしい一転しての「印度の人」のこの滑稽なるいでたち。といったらどうだ。

（四五）、人の世の営み露わ。であれば目を閉じてさっさと通り過ぎるべき？

（四六）、そこらで拾い集めた「二三枚の楢の葉とくぬぎの葉を／家にもち帰り机の上に置き／一時野をしのぶこともあつた」として、「冬の初めに春はすでに深い」ことに思い致すしだい。これは遅い秋の詩だけど、エッセー「春すぎて」でも「もち帰り」について書いている。

采女かなにかになったつもりで、むさし野から春の初めに少しずつ顔を出す種々の草を根ごと摘みとり家へ持って帰り植えるなどして、春をなつかしく思った。

（以下、エッセーの引用は『野原をゆく』より）

なんという植物愛ではないか。このことでは題して「むさし野」なるエッセー。これがまた植物狂いものなのだ。

いましも灼熱の真夏のことだ。「私は炎天に野原がもえている季節に赤土のはみ出ている崖の下や小川の、土手の上に曲ってついている小路を歩くことが好きだ」としていやほんとう熱っぽく綴りやまないのである。

その土手には「あかざ」や「いぬびゆ」や「よもぎ」や「かわらにんじん」が藪になって密生している。その中から最大に夏の淋しみを与えてくれる「くさぎ」と「ぬるで」がほこりにまぶされた青黒い葉をつき出していた。憂い顔のむさし野の遺産がこんなところにまだ残っている。／〔略〕／この辺の百姓には昔十五夜のまつりに必要であった「がまずみ」の実もまだ青く、たべられないし「すすき」もまだ穂を出していない。藪には炎天に「くそにんじん」がふんぷんと臭っていた。

（「むさし野」）

素晴らしい。なんともまたこの雑草たちの細やかな採録であることったら。胸打たれる。それにつけてもいまごろ、薄紫色が美しい多摩川河原を主な群生地とする絶滅危惧種カワラノギク、あれはいかがなっていよう？

†

とんぼ／蟻／かたばみ鬼百合／ほうせんか／しおん／と殆ど区別が出来なく溶けこんで／発生したことは僕という牧人の／田舎暦だ。

（「自伝」／『第三の神話』）

J・Nしかしまたなんとこの「僕という牧人」は深く多摩川を愛していることであるか。そこにはこの人の誘いが大きく与っているだろう。それは日本民俗学の祖、柳田國男である。

柳田とJ・Nは、大正十一（一九二二）年、ロンドンで初会、以来、親交を重ねる。若き日の柳田（詩人・松岡國男）は独歩と前記『抒情詩』の仲間（参照・序章）だ。なんと独歩の「武蔵野」（発表時の題は「今の武蔵野」）の向こうを張って（？）「武蔵野の昔」（『武蔵野』一九五八）を書いた武蔵野探索者なのだ。

さきのエッセー「春すぎて」にも、ある年の五月、ある会合の帰り、柳田から多摩川へヨシキリとセッカという鳥の鳴き声を聞きに連れて行かれる話がある。柳田、じつはまた悟堂の「野鳥の会」創立の強力な賛同者なのだ（参照・第四章）。このように『旅人かへらず草稿（五五）』にみえている。「枢密院顧問官」は、当時の柳田の役職。

上野の西洋〔精養〕軒でひるめしをたべてから／多摩川の河原に／枢密院顧問官と一緒に／よしきりの鳴くのをきゝに／行つたこともあつた

多摩川。むろんのこと植物の夥しさだけでない、いわずもがな鳥類も多くいたのである。

河原の砂地に幾千といふ／名の知れぬ草の茎がのびてゐる／よしきりや雲雀の巣をかくして／その心の影

（『旅人かへらず』七三）

ときは昭和四十年代後半のこと。たとえば稲城市大丸《おおまる》の多摩川から取水して川崎市登戸まで流れる大丸用水堰。そこらにも色とりどり騒がしいほど鳥がいたと。カモ類だけでも、ヒドリガモ、コガモ、オカヨシガモ、キンクロハジロなどなど。それらを狙うオオタカ、ノスリもまた（参照・向一陽「多摩川」／『日本川紀行』中公新書、つげ義春「鳥師」／『無能の人』）。

『旅人かへらず』、まだまだフラヌールと散策をともにしたくあるが。するとどうにもちょっと終わりそうになさそうだ。しょうがない。ここらでそのさきに当方が好きな『旅人かへらず』の一篇を俎上にのせて書いた短い拙文を引いて留めることにしよう（参考②）。

ところでほんと、まったくもってこの武蔵野歩き人は野の植物に詳しくあることとったら、どうしてなのか。ちょっとこんな証言があるのである。なんと『旅人かへらず』一集百六十八の短詩中に、八十六種の植物が、百四十四回の多く登場すると。

さらにつづく詩集『第三の神話』はどうだろう。なんともその百二十頁ほどの一集に百二十六種もの植物が登場するのである。であればこの集からも、つぎの一篇「十月」これを、ここに引いてみたい。

†

二十年ほど前は
まだコンクリートの堤防
を作らない人間がいた。
あのすさんだかたまつたシャヴァンヌ[*]の風景があつた。
ス、キの藪の中に
キチガイ茄子のぶらさがる

あの多摩川のへりでくずれかけた
曲つた畑に
梨と葡萄を作つている男
の家に遊びに行つた。
地蜂の巣をとりに
牛肉を棒の先につけて
イモ畑をかけ出した
あの叙事詩。
十月の末のころでその男の縁側で
すばらしい第三の男にあつたのだ。
彼は毎日肩の破れたシャツをきて
投網で魚をとるのだがその
顔はメディチのロレンゾ〔**〕の死面だ。
すばらしい灰色の漆喰である。
彼は柿を調布のくず屋から買つてきた
剃刀でむいてたべた。
終りは困難である。
登戸のケヤキが見えなくなるまで
畑の中で

将棋をさして来た。

〔＊〕ピエール・ピュヴィス・ド・シャヴァンヌ（Pierre Puvis de Chavannes、一八二四〜一八九八）。フランスの画家。代表作「貧しき漁師」。大原美術館に作品収蔵。
〔＊＊〕ロレンツォ・デ・メディチ（Lorenzo de' Medici、一四四九〜一四九二）。イタリア、フィレンツェのルネサンス期におけるメディチ家最盛時の当主。

†

J・Nじつにこの武蔵野さ迷い人、彼ほどに深くよく、多摩川を愛した者はいまい。「十月」、この詩の背景は「二十年ほど前は」とある、このことから詩集出版年代からみて昭和十年代初めかそこら。このときあたりまで多摩川の上流や支流では「コンクリートの堤防」など数多くなかったのでは。

そういうわけで川が川らしく流れつづけること。なんとその河原のそこここに小屋を掛けて気儘《きまま》に住まったりする一群があったり。まことによろしく人が人らしく生きていたのだ。

〈貧しき漁師〉らしき川魚捕りがいる「シャヴァンヌの風景」が広がる河原。侘びしく葦の群が浮く岸の溜まり。「ス、キの藪の中に／キチガイ茄子のぶらさがる」河原の畑で「梨と葡萄を作つている男」、そんなのとJ・Nは懇意の仲らしくあり、その自宅へ「遊びに行つた」と得意げだ。

それでどうだろう、おそらくその家は河原に建つ四本の柱に幌掛けの小屋まがいなさま、ではなかったろうか。それもなんという、のちにこのあたりに建設されるブルーシート・ハウスまがいの趣向よろしきあんばい、であったことだろう。

でもって男と「地蜂の巣」探しに興じたこと。それをそんな、「あの叙事詩」とまで格別にするJ・N詩精神、はどうだろう。

はたまた、「その男の縁側で」、「メディチのロレンゾの死面」よろしき風貌をみせる「すばらしい第三の男〔グレアム・グリーン脚本、キャロル・リード監督、オーソン・ウェルズ主演の同題のフィルム・ノワール。一九五二年・日本公開からいただき?〕」にあつたのだ」というが。どうやらその男はというと、「投網で魚をとる」みたような商いをしている。

それからも川漁師とおぼしいが。J・Nここでこの「彼」のその独得さについて、山窩《サンカ》（一所不住、一畝不耕。山野河川で天幕生活。箕《み》作りの竹細工や川魚漁を生業とし、昭和三十年代終わり頃、列島から忽然と消えた幻の漂浪の民）、まがいの人物としてあえて造型している。

そのように思われてならない。その男と「畑の中で／将棋をさして来た」とご満悦だ。そんななんともよろしく美しい交わりというものではないか。いやほんと羨ましくなるよな。

ところで山窩などというと眉唾でしかないと一笑されるのが多勢だろうが。だがほんとうに山窩はいたのである。ついてはここで引用しないが、白洲正子「農村の生活」（『鶴川日記』）、これをぜひ一読していただきたい。そうしてしっかりと驚愕されたくある。たとえば武蔵野のどこにも山窩についての文献ときたら数少なくない。

そこでこの件をめぐって、ひとつだけ挙げるとしょう。それは多摩川について、ひときわつよく思いを深くしやまない、あのつげ義春である。多摩川の河原で拾った石を多摩川の河原で売る傑作「無能の人」。そこにあきらかに山窩の末裔とおぼしい、軽石なる名前の、へんてこりんな人物が登場するのである。

一匹の生きた蛇を持つ軽石、「おいらの　山暮しは魚や　蛇を捕ったり　小鳥の巣箱や　割箸を作ったり　そりゃ惨めな　もんでした」と。また軽石の前女房が口説いて、「鳥屋場の娘」で「お父っあん　田舎で　鳥捕り　しているの」「暗い暗い　山峡の奥で　淋しく鳥を　捕っているのよ」と。蛇を獲り、鳥を獲る、それらのことが山窩の民にとって糊口の一つだったしだい。つぎのような旧い嘆き歌が遺っていると。

はかなきこの世を過ぐすとて　海山かせぐとせしほどに　万《よろず》のほとけに疎まれて　後生わが身をいかにせん

（『梁塵秘抄』二四〇番）

というところで山窩はおきたいが。それとはべつに多摩川の河原には不思議な住人がおいでになった。どこだかＪ・Ｎのあの男みたいな。これがまたつげ義春の漫画「近所の景色」にみえるのである。多摩川は調布近く富士マンションという名のボロアパートに住む妻子がある「私」と。河川敷に戦後のどさくさにバラックを建てた朝鮮人の集落に住む「李さん」と。折しも立ち退き問題に迫られ、困惑する李さん、そのもとに足繁く通う私。多摩川で釣った、一メートル《メートル》もの雷魚を飼っている、釣りの名人の李さん。まあこのふたりの交情がほのぼのとして素晴らしいのったら……（参照・拙著『つげ義春「無能の人」考』）。

†

Ｊ・Ｎいつものように日がな一日あっちこっち、ふらふらと多摩川をほっつき歩いてようやく帰路につく。そこにもいかにもJ・Nらしきルーチンがおありなるようす。

それから私はいつも村の細い通りにはいって行く。〔略〕私はそば屋にはいって醬油くさいウドンをたべてから、レンギョウとボケの咲いている砧《きぬた》の村を過ぎ、太子堂の竹藪のなかを通って、三軒茶屋に出て、「リリー」というタバコを買って渋谷に帰った。

こんなつまらないことのほうが、人間という生物の地球上の経験として、私にとっては相当重大な思出となろう。

（「春」）

それはさてとして。きょう多摩川の「コンクリートの堤防」の堤の上を愉快そうにエイーとか、オウーとか、歓声を上げグループで颯爽とジョギングする男女。堤の下のコートでゲート・ボールを笑い興じあっているトレーナーの爺婆。きいていただきたい。ちょっと足をとめられたし。そしていまこそJ・Nのこの嘆き声に耳を開かれたくある。ぜひとも胸にとどめられよ。

ギボンが「ローマ帝国の衰亡史」を書いたように「河原の衰亡」を誰か書く人が出るだろう。河原の歴史はすでに日本の芸能史に発展しそうだ。素朴な世界はもう河原にない。多摩川の「摘み草」などは河原のまぼろしになった。黒塗のゲタをはいて、水色のすそをひきずるまるまげの母親は勿論いない。レンゲソウは化学肥料に圧迫された。ツクシの原には浅草あたりから金持の奥さんが来てネオンの料亭を建ててしまった。

（「われ、素朴を愛す」）

どんなものだろう。これがおかしげに芝居じみて書かれていること、じつはそれだけに怒り心頭に発してしいるのだと、そこらを深くよく理解されたくあるのである。おわかりなられよ。

そんなどころか、きょうのいま遠く多摩川上流域を歩いてみると、どんなぐあいか。いったいはいかにも造成拡張一途らしいおもむき。それにしても馬鹿でっかい建物はなんなのか。対岸のずっと遠くのほうに霞むのは団地かなにか。こんなところで操業するような工場はなさそう。そうするとあれはいわゆる巨大物流倉庫かそのたぐいだろうか。なんてほんとひどい、なんとも凄まじい景となって、しまっていることか。

多摩人よ／君達の河原を見に来た。／岩の割れ目に／桃の木のうしろに／釣人の糸はうら悲しいのだ。

（「紀行」／『近代の寓話』）

J・N西脇順三郎、昭和五十七（一九八二）年六月五日、急性心不全のために郷里小千谷において長逝。享年八十八。

『旅人かへらず』、最後の短詩（一六八）をここに引き偲びたい。あえていえば、これこそ愛した小千谷のまた武蔵野の景であった、のではないか。

永劫の根に触れ／心の鶉の鳴く／野ばらの乱れ咲く野末／砧の音する村／樵路の横ぎる里／白壁のくづるる町を過ぎ／路傍の寺に立寄り／曼陀羅の織物を拝み／枯れ枝の山のくづれを越え／水

茎の長く映る渡しをわたり／草の実のさがる藪を通り／幻影の人は去る／永劫の旅人は帰らず

【参考】

①正津勉「河原」

豪雪で死者不明者の見出し
記事に郷里の町名の載る紙面から
ぼんやりと快晴の多摩川を車窓にしていて
ひょいと次の駅で降りていた

遠く団地の群や工場の影
ジョギングやゲート・ボールや
大声で走りまわる犬と子供たちや
ホームレスのブルー・シート

〔略〕

ふっつりと糸が切れてしまい
遠くずっとはるか空のどこだかを
吹かれてゆく凧よろしく
ふらり右へ左へ　ふらり

そのときどう何をせんとして
わたしはというと突然わけがわからない
ちょうど頭の大きさほどある石に取りつくや
えいやッと差し上げているのだ

（拙詩集『嬉遊曲』）

②正津勉「この実こそ詩であらう」

枯木にからむつる草に／億万年の思ひが結ぶ／数知れぬ実がなつてゐる／人の生命より古い種子が埋もれてゐる／人の感じ得る最大の美しさ／淋しさがこの小さな実の中に／うるみひそむ／かすかにふるへてゐる／このふるへてゐる詩が／本当の詩であるか／この実こそ詩であらう／王城にひばり鳴く物語も詩でない

（『旅人かへらず』一〇）

冬枯れの山を彷徨うのが好きだ。かさこそと落葉を踏みしめて。夏の間うっそうと生い茂っていた木や草。それらの夥しい葉のことごとくが枯れきわまり風に散りつくした。木々もいまやすっかり丸裸になってしまっている。視界が急に開け、いままで見ることが叶わなかった、風景に息を呑む。からすうりが枝にひとつ赤くぶらさがる。そしてそのずっと遠く蛇行する流れに川霧がたちこめている。白い息を吐きつつ林の奥へ入ってゆく。すると目を楽しませてくれるのが木の実である。アオツヅラフジ、カラスザンショウ、ガマズミ、クサギ、センニンソウ、タンキリマメ、ナナカマド、ムラサキシキブ……。青、赤、黒、紫などなど色、大小、形もとりどり。さまざまな木の実に足を止めさせられる。ときにこちらはヒヨドリジョウゴ（ヒヨドリなどが実を食べると、酔っぱらってお喋りになるという）の実のひとつを歯にあてて酔ったようにひとりごちるのだ。なんだかそんな『旅人かへらず』の詩人になったように。

木の実は木の精。こうして吐きだしたえぐい実のひとつ。これにも「人の生命より古い種子が埋もれてゐる」。すなわち「人の感じ得る最大の美しさ／淋しさがこの小さな実の中に／うるみひそむ／かすかにふるへてゐる」。そしてその考えの到るところに深く頷くのである。

「この実こそ詩であらう／王城にひばり鳴く物語も詩でない」

（拙著『山川草木』）

## 第八章　恨　茨木のり子「青梅街道」「林檎の木」

吉祥寺、昭和四十五（一九七〇）年春、当方、この町に越して来た。それからかれこれ昔の人の一生分も超え住んだことになる。そのさきに東京お生まれのお坊ちゃん友人に笑われたもの。

「おまえいくら貧乏でもな、よりによって都落ちはわかるが、あんな狐狸が出てくるような、ひどい田舎に住むものじゃない、だいたい東京ってのは、あそこ環七までをいうんだ」

いやそんな狐狸なんぞは出てこない。しかしながら日が沈むとそこいら、いったい気味悪いまでに、しぃんとして真っ暗なのったら。ほんとうに駅前からして寂しかった。

なにしろ北口駅前がちがった。空き地にバラック仕立てよろしき飲み屋があり、みなさんちょっと考えられないだろうけど、おしゃれで粋なサンロード商店街にボロバスが走っていた。なんだか戦後風情のおもむき。

それがどうしてこの地に越したかって？　そうしてそんなにも長く住んだかって？　それはひとえに都区と比較して家賃また物価が格安だったからだ。はっきりとはしないが、たしか環七の内側の六割ぐらい、そこらではなかったか。おぼえているのはいま東急百貨店が建つ一等地になんと一千万円切りの建売住宅が売っていたってこと。ほんとう信じられる？

引っ越してきた年の暮れ。たまたま読んだ短篇、木山捷平「玉川上水」（「文學界」一九五三・六）に泣かされた。そこには笑いなかば、「春先の風の日」、家主さんから、「ウチにも金の都合があるから」、とやんわり追い出しを喰った極貧文士さんが吉祥寺界隈でもって貸間探しに精を出す姿がなんとも、おかしく描かれていた。

安く住め、住み易い。それだけに留まらない。くわえていまだ緑が多くあったことだ。いやこれが嬉しかった。当方、北陸の山奥生まれの身であれば、日々、相応の葉緑素を要するのだ。引っ越してきてしばらくは緑が少なくなかった。だがこちらが住む周りはいつの間にかどんどん建て込んできた。駅前にはビル、マンションが林立。ほんとうに高度経済成長期から一九八〇年代前半にかけての、めまぐるしい周辺地域の宅地化の爆発的な拡張肥大といったら！

安く住め、住み易い。というので急な人口増加で都へ出てきた地方出身者らが多く夥しく武蔵野に住むようになった。労働者やら、サラリーマン、学生やら。これらあわせていま武蔵野新人種《ニューカマー》とでもいっておこう。

新人種の多い武蔵野。そこにご近所同士でもないが遠くもないところに住んでいた女性詩人がいらした。とはいえぜんぜん交流がないこと、もちろん人種も歳も才能も離れていて、まったく疎遠なまであったが。

†

茨木のり子（大正十五／一九二六〜平成十八／二〇〇六）。大阪府大阪市に生まれる。昭和十八（一九四三）年、十七歳、帝国女子医学・薬学・理学専門学校（現・東邦大学）薬学部に入学。

昭和二十（一九四五）年、十九歳、学徒動員で海軍療品廠に就業中、玉音放送を聞く。

わたしが一番きれいだったとき／わたしの国は戦争で負けた／そんな馬鹿なことってあるものか
／ブラウスの腕をまくり卑屈な町をのし歩いた

（「わたしが一番きれいだったとき」／『見えない配達夫』一九五九）

昭和二十一（一九四六）年、繰り上げ卒業。戯曲、童話を習作して、雑誌、媒体に応募し入選する。

昭和二十四（一九四九）年、医師・三浦安信と結婚、埼玉県所沢町（現・所沢市）に住む。

昭和二十八（一九五三）年、川崎洋と詩誌「櫂」創刊。以後、岸田衿子、谷川俊太郎、大岡信、吉野弘らが参加する。

昭和三十（一九五五）年、二十九歳。第一詩集『対話』刊行。

ということで一拍おくとしよう。あらかじめ申しておきたい。こちらはもとより茨木の良い読者ではありえなかった。もっといえば敬して遠ざけ派でこそあった。なぜもなく彼女ときたら、まず育ちも良く頭が切れ美しく、とっても立派すぎるから。というような思い込みがつよくあった。このことでご同類であれば、「倚《よ》りかからず」（参考①）、これをみれば同感されよう。だってそうではないか。こんなふうであると当方のような、主体性喪失者、にとっては身構えぎみになるのだった。ぶっちゃけたはなし。

そんなこんないいわけでただ読まず嫌いであったというしだい。ほんとじつをいうと正直この歳になってはじめて、茨木の詩集を通読し、ひどくわれとわが身の頑迷さをおぼえさせられた。どういうことかいまそこらの誤りを正してゆこうというのである。

茨木のり子。ここでひとりの戦後詩人としてみてみる。するとこういったらいいか。彼女は自らとそして隣人らの身過ぎ世過ぎを踏まえ詩作してきた稀な詩人だ。ちょっとありえないような。などといってもわからない話でしかないだろうどうにも。このことはわたしらの戦後の詩ではほとんど埒外のあつかいで主題に採られるべくもなかったと。そんなようなおかしな流れがずっとありつづけたものだ。

だってへんだったのである。まったくなんとも詩の前線は観念的思弁的（?）の天井を打ってしまったよう。ほんとうにどうしようもなく。

ひどいことになっていること。もっといえばヘボ筋にはいったまんまという。なんだかもう頭デッカチなことばかりいって。とかもうこれだけにしておく。このことではつぎの詩を引いておしまいなりと。

おもうに／この国の稚い子宮は／したたかな絶望を／敢然と孕まねばならぬ／何度でも／何度でも／何度でも

（「民衆のなかの最良の部分」／現代詩文庫『茨木のり子詩集』一九六九）

さて、昭和三十三（一九五八）年、三十二歳、茨木は、保谷市（現・西東京市）東伏見へ自宅を建て越す。ときまさに高度経済成長期初めであった。

茨木、これからここにずっと亡くなるまで半世紀余にわたり住みつづけるのである。住まっていること、日々を、ときどきの心のゆらめき、吐息を、詩にするのである。

ついてははじめにどれか。詩「青梅街道」(『自分の感受性くらい』一九七七)。これからみることにしよう。

茨木、当地に住まい以後、日々、青梅街道を多く利用。それがときどきの街道の交通渋滞は猛烈なかぎりもいい。ほんとまったくどうなっているのか、とんでもなくひどかったのである。

†

内藤新宿より青梅まで
直として通ずるならむ青梅街道
馬糞のかわりに排気ガス
ひきもきらずに連なれり
刻を争い血走りしてハンドル握る者たちは
けさつかた　がばと跳起き顔洗いたるや
ぐずぐずと絆創膏はがすごとくに床離れたる
　くるみ洋半紙
　東洋合板
　北の譽
　丸井クレジット
　竹春生コン

　あけぼのパン
街道の一点にバス待つと佇めば
あまたの中小企業名
にわかに新鮮に眼底を擦過
必死の紋どころ
はたしていくとせののちにまで
保ちうるやを危ぶみつ
さつきついたち鯉のぼり
あっけらかんと風を呑み
欅の新芽は　梢に泡だち
清涼の抹茶　天にて喫するは誰《た》ぞ
かつて幕末に生きし者　誰一人として現存せず
たったいま産声をあげたる者も
八十年ののちには引潮のごとくに連れ去られむ
さればこそ
今を生きて脈うつ者
不意にいとおし　声たてて
　鉄砲寿司
柿沼商事

アロベビー
佐々木ガラス
宇田川木材
一声舎
ファーマシイグループ定期便
月島発条
えとせとら

†

「青梅街道」は、現在、一般に新宿と青梅市を結ぶ基幹道路を指す。だがその初め江戸時代には甲州街道の第一宿場である「内藤新宿〔現・新宿三丁目交差点付近〕」に発したこと。それじゃそう、これから茨木と並び街道沿いのバス停にバスを一緒に待ってみる、ことにしよう。

まずは、「直として通ずるならむ青梅街道」という。ここはあきらかに人口に膾炙する朔太郎からのいただき。「ここに道路の新開せるは／直として市街に通ずるならん」(「小出新道」)

つぎに、「馬糞のかわりに排気ガス」だとは。いやほんとなんと辺境的ではないだろうか。ほかでもなく、これは第一章の正岡子規「高尾紀行」の、初出新聞稿「馬糞紀行」、同行の内藤鳴雪のつぎの句からの、おもらいやら。

新宿や馬糞の上に朝の霜　　鳴雪

これからもそのさきは帝都も馬車が主体だったとよくわかろう。ところがいま時世は「排気ガス」の高度経済成長の真只中というしだい。茨木、バス利用は「青梅街道」の近傍、東伏見の住人。でそのいつかいつものように「街道の一点にバス待」ちつづけてへんなことに。なぜかいつも見過ごしている、「中小企業名」の「必死の紋どころ」、それがこのときばかり、「眼底を擦過」してやまなくあること。それとおぼえなく突然、「不意にいとおし　声たてて」連呼しつづけていたのだ。

「くるみ洋半紙／東洋合板／北の誉」……。これらはきっと、ホンモノの車体の社名のカンバン、であるのだろう。「丸井クレジット／竹春生コン／あけぼのパン」……。

それはさておくとしてどうだろう。さきの朔太郎の詩は、「われの叛きて行かざる道に／新しき樹木みな伐られたり」と慨嘆調に終わるが。ここではこのあといかがなことに。

「鉄砲寿司／柿沼商事／アロベビー／佐々木ガラス／宇田川木材」……。ひょっとしてきょういま現在すでにそれらの「紋どころ」はすべて存在していないのではないか。「一声舎／ファーマシイグループ定期便／月島発条／えとせとら」……。

それにつけても辛すぎることとったら。トラック野郎さんらの、「刻を争い血走りしてハンドル握る者たちは」なんたる猛烈ラッシュ。いやあまりにも痛ましくてならない。

高度成長期。じつにこの涙ぐましい詩にみられるように、ほんとこの国はひどく変わってしまった。ついてはもうまぎれがたくも、のがれがたくわれらが武蔵野もまたどんどんと辺境的からあらがいがたく首都化をはやめてゆくことに、ならざるをえなくなったのだ。

絶望的、余りに絶望的にも……。

†

茨木、みたようにバスを待っていて詩をえたりする。そうかと以下引用のあんばい。つぎのようにバスに乗っていて詩をものすのだ。なんたる隣人感覚ではないか。

詩「大国屋洋服店」(『人名詩集』一九七一)。用事ついで最寄り駅まで乗るバスの窓から目にするバス停成蹊学園前にある仕立屋(そこはおそらく当方も知る服屋さんだろう)。「成蹊学園の制服を日がな一日作っている」老夫婦、「浄福といってもいい雰囲気を/醸しだしている二人」。茨木、だがなぜとなく、「彼らの姿を見た日には/なぜか　深い憂いがかかる」とおっしゃること。ほんとうまったくびっくり、唐突も突然、いいつのるようにするのだ。

この国では　つつましく　せいいっぱいに/生きている人々に　心のはずみを与えない/みずからに発破をかけ　たまさかゆらぐそれすらも/自滅させ　他滅させ　脅迫するものが在る

二人に欠けているもの/私にも欠けているもの/日々の弾力　生きてゆく弾み/みせかけではない内から溢れる律動そのもの

子供にも若者にも老人にも/なくてはかなわぬもの/その欠落感が/彼らの仕事の姿のなかにあったのだ

たしかにそうである。こちらもまた、「彼らの姿を見た日」はといぅと、「深い憂い」ごときをそれと感じさせられる。よくわかるのである。しかしながらそこまでの感受でしかなくて、そのことが、「この国では」ぅんぬんなんぞといぅ「欠落感」だとまでは、まずまったく認識しえようもなかったといおう。

それはさてそうまでいおうとは。若い日に凄まじすぎる戦争、「自滅させ　他滅させ　脅迫する」体験をさせられた国への深い怒り。それがいわせやまないのだろう。

——倹しい、胸を塞ぐ、哀しい……。

バスの詩をみた。武蔵野ならず郊外のどこでもバスというものは便利にする交通手段である。各自の家から最寄り駅まで。駅を走り電車で都心の勤め先へ！　これが新人種たるものらの、せちがらくも、いたしかたない朝景色である。むろんその帰路が夕景でこそある。

駅のベンチに腰かける／小さな都会の　夕暮の

人参と缶詰とセロリで重い／買物籠をよせ／ゆききする人を眺める　（「或る日の詩」／『対話』）

†

茨木、みたようにバス利用の詩だけでなく、それが公共交通機関なれば、むろんのこと電車の詩ものする。まずここではつぎの「青年」（『自分の感受性くらい』）と題する一篇からみるとしよう。

茨木は、冬の駅のベンチで一人の青年と隣り合わせになる。そこはどこだろう、その景からみるとどうも、武蔵境か、東小金井か、武蔵小金井か、どこかなんとなし寂しげなそこらではないか。それで一見したところ、「浮かない」「暗い」「鬱である」「他人を拒否しシャッターを下してしまっている顔」をした青年とやら。その視線のさき、「そこに　夕富士」という一齣なると。武蔵野には富士が似合う……。

あたりいちめん葡萄酒いろに染めながら／折しも陽は富士の左肩に沈むところ／武蔵野にあるこの駅から見て／富士の右肩に陽が沈むようになれば／だんだん春もほぐれてくるのだった

寒風にさらされながら／黙って隣に腰かける／ともに電車を待ちながら／かすかな眩暈／二昔まえのわたくしが／青年の形を借りて隣に坐っているようで

偶然、寒風の駅で「青年」と。よくあるシーンであろう。しかしそのしまい最後の二行が見事というものでないか。

くわえていま一つ電車の詩におよぼうか。早く亡くした夫への思いを書き溜めて、「Y」と記された箱に温めていた約四十篇の詩を集め、茨木の没後出版された遺作詩集『歳月』（二〇〇七）。そのなかにズバリ「駅」と題する詩があるのだ。それがいかがなものか。

朝な朝な／渋谷駅を通って／田町行きのバスに乗る／北里研究所附属病院／それがあなたの仕事

場だった／ほぼ　六千五百日ほど／日に二度づつ／ほぼ　一万三千回ほど／渋谷駅の通路を踏みしめて
〔略〕
このなかに／あなたの足跡もあるのだ／目には見えないその足跡を／感じながら／なつかしみながら／この駅を通るとき

いやもう、ほんとうウルウルしてきて、ならない。壮年期ともなった新人種、あるいはさきの「青年」はほかでもなく、いまは亡き最愛の人なるか？「Y」もまた、「朝な朝な／渋谷駅を通って／田町行きのバスに乗る」、そうして勤めの「仕事場」へと向かったと。
ここでもつぎのぐあい。そのしまい最後の二行のよろしさ。びしっときまっている。

吐息のように湧いて出る／哀しみの雲烟《うんえん》

バス、電車。利用の者であること、目線の高さでもって、茨木は詩をものする。ついては当方つぎのように前述している。
茨木のり子。「彼女は自らとそして隣人らの身過ぎ世過ぎを踏まえ詩作してきた稀な詩人だ」

†

隣人らはつましげだ。またかなりとっつきにくくあり、うっとうしくもあったりするが。隣人らはいじらしい。

レジャー、などという言葉がもてはやされる前より多くの人が楽しむようになり老若ともにした、ピクニック。武蔵野新人種。週日には都心へ向かわなければならない、そんなのだから、なおいっそう、休日には郊外へ脚をのばすようになる。つまるところ、どこかそこら心が弾む武蔵野の奥を訪ねるにいたる、というしだい。

茨木、このことではじしんもうかなり深く遠く歩ききわめておいでになるようだ。たとえばそう、詩「奥武蔵にて」(『見えない配達夫』)をみられたし。じつはこの一篇は訪ねた、「高麗村」、「顔振峠」、「ぐみの木〔越辺川《おっぺがわ》が舞台〕」、この三つの短詩からなる。これなど歩かないでは書けっこない作である。関心のある向きはご一読のほど。

いやここで一つ「高麗村」を挙げておこう。これがあるいはのちの韓国への関心のもとにもなったのでは、そんなふうにもしのばれる貴重な訪問であろうからである。でもここでは、これについてはおくこと、とするとして(参照・第九章)。


栗の花のふさふさ垂れる道/むかしの高句麗の王が亡命して住んだ村/瓦を焼き野をひらき/ついにふるさとに帰れなかったひと/今も屋根のそりにふるさとの名残りを/とどめる子孫

ここまでずっと働く人らが働く詩をみてきた。ちょっとばかし、くらい、つらい、おもい、みたいなあんばいだった。ではここからは働く人らが遊ぶ詩をみることにする。

ピクニックに材をとった、詩「林檎の木」(『茨木のり子詩集』)、これを引くことにしよう。ほんとうに働く人らは心の底から遊び楽しんでいるか。われらニッポン国民はというと、勤勉なるあまり遊びとなると、からっきし苦手だといわれるが。

†

峯々に　はだら雪
山裾に　淡き花　刷かれ
多摩川の上流は
激々として　岩を嚙み
時に
土耳古石の色に凝固し
また
ほぐれ
痛きもの未だに含む早春の雲母《きらら》のうち
若者らの一群
ばーべきゅうを楽しめども
川原にあがる煙の
毛の麁物《あらもの》　毛の柔物《にこもの》は少くて
玉葱臭のみ絢爛たり
眼下に

風景を俯瞰して
高いぷらっとほうむをぶらつけば
線路わきに
一本の煤けし立札

「十数年前　電車の窓から　誰かが
投げた林檎の種が生えて　こんなに
大きくなりました　秋になると
かわいい実をつけます
御岳駅」

林檎の芯を抛りたるは
餓鬼か　闇屋か　復員兵か
実生の林檎の木
ゆくりなくも寒駅のほとりに育ち
いたずらに脆弱にして
われらが戦後に
相似たり

——青梅線・御岳駅にて——

†

まずはこの時代背景はいつなるか。ついてはその初出（「櫂　13」一九六六・六）から判断するところ。どうやら一九六〇年代初めあたりか。

舞台は、御岳駅。青梅市は御岳本町にあるJR東日本青梅線の小駅である。その古風な神社造りの駅舎構え奇景なり。

時季は、早春、肌寒い。いまだ、「峯々に　はだら雪」、がある。そういうときだから雪解けの水量もたっぷりなのだろう。

御岳山（九二九メートル）登山か、ではなくて、御岳渓谷散策か。

茨木、ときに駅のその、「高いぷらっとほうむ〔ホームが山の斜面に位置し、駅舎よりも一段高くある〕」、そこに佇むこと。いらいらするほど、ほんと本数の少ない帰り電車を待つこと、どれほどであろう。眼を遊ばせてしょうことなし。「多摩川の上流は」「激々として　岩を噛み」、渦巻く瀬を「土耳古《トルコ》石の色に凝固し」、深潭《しんたん》めく淵《ふち》を。遠く眺めやるようにしている。

♪歌おう 朗らに 共に手をとり／ランララ　ラララララ……

などとピクニック万歳の時代もいいというときだ。するとそのさきは、「川原にあがる煙の」、もとをみるとなに？「若者らの一群」、おそらく学生のクラブか、はたまた会社のサークルか、わいわいがやがやと「ばーべきゅうを」うれしげにやっている。

♪ララ 歌声合わせよ 足並み揃えよ／今日は愉快だ……

なんていいやそれがしかしなんと、いったらいいものではあろう。そんな、「毛の麁物　毛の柔物〔上代、神や天皇に捧げる贄《にえ》をいう慣用句。前掲詩「青梅街道」の「清涼の抹茶　天にて喫する」も高貴の謂か」は少くて」とある。だからつまりほとんど美味新鮮なる肉魚類がなさそうなごようす。ひどくはかばかしくないところに、「玉葱臭のみ絢爛たり」というようなありさまとくるとは……。

それこそさきにいったように、「隣人らはつましげだ」「隣人らはいじらしい」ことったらないではないか。

しかしここでちょっと当方の実見するところをいおう。じつはこの「ぷらっとほうむ」から眺めて「ばーべきゅう」の煙ぐらいは、あるいはぼうっと浮かべることができ匂いもそれとわかるかもしれない。だがそこで焙られている「毛の麁物　毛の柔物」などという具まではまず、ぜったいに目にすることはかなわないのである。ここらはまあいうたら詩人の詐術というものであろう。

茨木、さてどれほどかそれから目を離してしばし、「ぷらっとほうむをぶらつけば」するとなんかへんなのが飛び込んでくると。「線路わきに／一本の煤けし立札」

それが麗々しくも表書きする、「秋になると／かわいい実をつけます」なんて冗句まがい美談めかし？　そこにある「林檎の木」そのもとへ。どれほどだろうか、ためつすがめつして眺めやることひとしきり、それがどうしてか。

いやそのどうにも嘘っぽくもあるようす。ほんというとぜんたいこの、「林檎の芯を抛りたるは／餓鬼か　闇屋か　復員兵か」、そんなところではないのか。なんぞというふう睨みかえすようにする。

いやほんとうどういったらいいものか。なんとも茨木らしくとても辛辣なること。どうにもなおざりにできないのだろう。

枝の張り、幹の太さ……。パッとみにも、「いたずらに脆弱にして／われらが戦後に／相似たり」

ザマなるでは、と。当方、ところでこの「林檎の木」をみると、どうしても木の繋がりからか、つぎなる詩が浮かんでならない。

高い梢に／青い大きな果実が　ひとつ／現地の若者は　するする登り／手を伸ばそうとして転り
落ちた／木の実と見えたのは／苔むした一個の髑髏《どくろ》である
ミンダナオ島／二十六年の歳月／ジャングルのちっぽけな木の枝は／戦死した日本兵のどくろを
／はずみで　ちょいと引掛けて／それが眼窩《がんか》であったか　鼻孔であったかはしらず／若く逞しい
一本の木に／ぐんぐん成長していったのだ
（「木の実」／『自分の感受性くらい』）

†

それはさて「林檎の木」にもどって。茨木、「寒駅」での嘱目をもってなんとも、「われらが戦後に」、まで視線をとどかせようとは。ついてはそうである。このこととの関わりでもって浮かんでくる忘れられない詩行がある。つぎのはどうだろう。

根府川／東海道の小駅／赤いカンナの咲いている駅
〔略〕
あふれるような青春を／リュックにつめこみ／動員令をポケットに／ゆられていったこともある
〔略〕

ほっそりと／蒼く／国をだきしめて／眉をあげていた／菜ッパ服時代の小さいあたしを／根府川の海よ／忘れはしないだろう？

（「根府川の海」／『対話』）

根府川駅、関東大震災の大惨事、根府川駅列車転落事故、翌年に再建なる木造駅舎。待合室の腰板や木枠の大きな窓などの雰囲気は往時の光景を淋しく偲ばせる。しんとそこの壁の隅に「根府川の海」の額が掲げられている。

茨木のり子。平成十八（二〇〇六）年二月十七日、長年住み馴れ親しんだ東伏見の家の床で、静かに命を引き取った。死因は亡き夫と同じ病気、クモ膜下出血だった。享年七十九。

長年の詩友、谷川俊太郎、その死に詩を送った。

あなたを失ったとは思っていません／茨木さん／悼むこともしたくない／半世紀を超えるつきあいを／いまさら断つなんて無理ですよね／からだはいなくなったって／いなくならないあなたがいる／いつか私が死んだあとも

（「いなくならない　茨木のり子さんに」／『詩の本』）

【参考】

①「倚《よ》りかからず」

もはや

できあいの思想には倚りかかりたくない

もはや
できあいの宗教には倚りかかりたくない
もはや
できあいの学問には倚りかかりたくない
もはや
いかなる権威にも倚りかかりたくはない
ながく生きて
心底学んだのはそれぐらい
じぶんの耳目
じぶんの二本足のみで立っていて
なに不都合のことやある

倚りかかるとすれば
それは
椅子の背もたれだけ

（『倚りかからず』一九九九）

## 第九章　裔　野田宇太郎「家系図」、蔵原伸二郎「訪問」

古来、武蔵野と、渡来人と。どうしてか縁の深い土地であったという、ここにきてとみにでもないが、そんなような論考を多く目にするようだ。だいたい九州や畿内ならわかるが、いったい東国の関東などになんで。それもどうして武蔵野なんかにまでも？

歴史に疎いこちらには、理解し難すぎるばかり。でどうにもお手上げであったが、それがそんな目から鱗になったのは、じつはほんの少し前でもないが、まあそれほど大昔でもないのだ。

当方、へたれ山遊びをするものだ。それであれは二十幾年前のいつごろか。そんなまったく行楽気分よろしいこと。そこへ遊歩をしたのである。

日和田山《ひわださん》（三〇五メートル）、どこかといえば埼玉県日高市にある。これがとても人気の低山だとか。最寄り駅は西武鉄道池袋線の高麗《こま》駅。まったく知らなかった。ときになんだか駅の名が妙に引っ掛かったのである。おかしな名じゃないの。

高麗？　そして駅前に降り立つ、とびっくりトーテムポールというのか、へんな標柱が目に入る。じつはこれがまあ、なんとも異風独得な朝鮮由来の天下大将軍と地下女将軍なるもの、なのであるという。

なんでまたどうしてこんなところに？　そんな奇天烈男女神像だとか。わけのわからないものがあるのか？

同行にきくと説明していわく。高麗は、のちに新羅を滅ぼして朝鮮半島を統一する高麗ではなく、今を去る天智七（六六八）年、唐と新羅の連合軍との戦いに敗れ、七百年の歴史を閉じた、高句麗から渡来して住んだ高句麗人の郷（旧・高麗郡高麗村）であり……。

などなど云々とのごとき史実があるとか。なお現在の狛江市《こまえ》の地名「狛」もまた、高麗からの転化との学説ありと。くわえるに多摩川流域の荏原《えばら》郡や多摩郡にも数多く渡来人が移住すること、農作業、養蚕、鍛冶、牧馬、さまざまの技術や知識を伝え開発と生産に寄与したのだとか、いっぱい面白いことを教示されたのだ。

日和田山へはそれから幾度遊んだものか。山麓の高麗神社に詣で山頂まで約二キロ。足下、曼殊沙華で知られる巾着田《きんちゃくだ》を眺め、男坂、女坂のいずれかの坂を辿る。日和田山山頂、高指《たかざす》山、物見山、五常の滝と初心者の楽々コースだ。なんぞと山ガイドの場ではない。

高麗？　いくらきいてもよくはわからない。いったいなんでどうして海を渡ってまでしてはるばる、高麗の人々が、わざわざこんなところに移り住むようになったものやら。まったくもってどうにもこうにも。

だけどそれがそのうち友の教えよろしきおかげあり。いやほんとどこにもトンデモ歴史オタクがいるものだったら。でこちらもあれこれ本を漁りまわったりしていると。

するうちに折よく二篇の詩に出会うことに。野田宇太郎「家系図」と、蔵原伸二郎「訪問」と。これがともに高麗についておよんで資料的とさえいっていい格好のものだった。ついてははじめに野田のそれからみたい。

野田宇太郎（明治四十二／一九〇九～昭和五十九／一九八四）。福岡県三井郡立石村（現・小郡市）生まれ。文学散歩で名を残す文芸史家、詩人。著書に『野田宇太郎文学散歩』二十四巻・別巻三、『定本野田宇太郎全詩集』ほか多数。

いつかべつの調べ物をしていて、高麗族の悲史を描いた野田の詩「家系図」、があるのを知り嬉しかったこと。それがいかがなものであるのか。まずはゆっくりとみられたし。

†

「ぼろぼろの千二百余年も前からの
この家系図の階段をのぼりつめると
はるか朝鮮奥地の茫々とした原野が見え
大陸から押し寄せる唐の大軍
東の海辺にひしめく新羅
つひに七百年の栄華を砕かれた
高句麗《こおくりい》の、うらぶれた敗亡の民に混つて
とある日の相模の海に漂ひ着いた
わたくしの祖先若光の憂ひの顔が
今もなほこのまなかひに浮び出します。
この錆びたひと振りの高麗太刀《こまたち》
この虫づいた大般若経の古い写本

そして伝来だといふ仏像や舞楽《ぶがく》の獅子面が
亡命といふ鈍いかなしい音《おん》となつて
はてしない海原にのこした水脈《みお》のやうに
わたくしの心の中に、今も時折鳴り響きます。
それでも人気ないこの武蔵野の入間《いりま》の里に
同じ思ひの人々が群れ集つた時
ただひとすぢの名もない碧《あを》い川だけは
天日に希望のやうに光つてゐたのでありませう
夢うつつ武蔵野ぐらしに慰められて
やがて亡国の恨みなど忘れたのでもありませう。
ぼろぼろの千二百余年も昔からの
この家系図の階段を降りてしまふと
わたくしは何時《いつ》もこの高麗郷《こまむら》の
貧しい社の前に一人立つてゐるのです。
虚しいが、しかし根強い
あの高麗川のかがやきのやうなものが、わたくしには……」
と、青年は口をつぐみ
ひろげた家系図を巻きはじめる。
古代のやうな沈々とした月明の夜ふけ

この部屋だけが灯《あかり》を点して息吐いてゐて
山上には累々とした祖先の墓が眠つてゐる。

（『夜の蜩』一九六六）

†

これをどのように読まれるものであろう。いうならばこの題材にかぎっては文学散歩、ではなくいわば史実の探訪が肝要であればまずは、歴史探偵よろしき眼力がもとめられようと。そんなふうにも感じられたのではないか。

高麗郷、ついてはその歴史をさかのぼれば、『続日本紀』の霊亀二（七一六）年に、つぎのような記述がみえるのである。

「五月十六日駿河・甲斐・相模・上総・下総・常陸・下野の七ヵ国にいる高麗人千七百九十五人を武蔵国に移住させ、初めて高麗郡を置いた」（宇治谷孟訳）

これが、「とある日の相模の海に漂ひ着いた」、という、高麗王若光《こまのこきし》に率いられて高麗人が当地に集団移住したその始まり。しかしながらどうして彼ら一族にかぎって、「この武蔵野の入間の里に」、よりによって住まうにいたったものか。

そこにはそういわずもがな、もちろん大和朝廷の深慮施策があった、そうであるにきまっている。はっきりと、じつはときの朝廷は高麗族の仇敵たる新羅系を厚遇していたのは、あきらかだ。すでにして新羅の臣民は大勢、教科書の記述通り、九州や畿内で重宝されていた。

高麗と、新羅と。どうしてもその間の争いを避けなければならぬ、それにはうまく住み分けさせるのがいい。そのようなあんばい、いうならば恩恵半ばの窮余策よろしげな、ものではなかったか。

高麗の若光の一族。つまるところは彼らをこの地に住まわせることで、先端の技術や学問、などなどそれは学ぶことが多く益ありとみたのだ。さらにはあわせて当時は未開の地であった東国の開発に当たらせられたらと。

それにいま一つ挙げればそう。くわえて東国内の上野国《こうずけのくに》（現・群馬県）において、このとき反朝廷派の上毛野氏《かみつけのうじ》が割拠する状況だという。そのために朝廷側は高麗族が有する農耕、牧畜、紡績、鍛冶などの技術を導入して東国の安定を図らんこと。それでもって上毛野氏に追随する地方豪族の阻止を目論んでもいたと。

そのような歴史があるよし。高麗は、現在、埼玉県日高市に属するが、明治二十九（一八九六）年まで郡名を残してきた。かくして祖霊を祀る「貧しい社」高麗神社の神主であるが、若光以来、きょうまで高麗家が代々務めてきた。

さて、それでは「家系図」について。ここに登場する直系の「青年」（作者野田と親交のある高麗家五十九代目の高麗澄雄氏）。じつにこの人がみずから、おごそかにもじかに、はるか歳月を隔て現在にいたるまでの高麗の歴史を一人語りする、しだいになっている。いったいこの語り訴えのありよう、それをいかに胸に収められようか。

「ぼろぼろの千二百余年も前からの／この家系図の階段を」、その頂から一段しばらくつづいて、また一段と降りるようにして。つぎつぎ語られる哀しみの終わりなさ。

「ひと振りの高麗太刀」、「大般若経の古い写本」、「仏像や舞楽の獅子面」……。

というところで一拍おくことにして。ここでこの「家系図」に関わる興味深い論考を挙げたくある。これがなんとまた格好のものなのである。

それはそう、坂口安吾「高麗神社の祭の笛――武蔵野の巻――」（「安吾の新日本地理」）なのである。どんなものだろう、じつはこの安吾こそもっとも歴史探偵にふさわしい作家であったと、いえるのでないか。じっさい安吾には「歴史探偵方法論」ほかの述作がある。それだけにこの論考が素晴らしいのである。

さて、安吾は、連載当稿（「文藝春秋」一九五一・十二）取材の際、高麗神社で前掲「家系図」と同じいうところの「高麗氏系図」を目にするのである。だが漢文で書かれた「前文」の始まり（これを詩に当てて示せば「階段」の一段目の取り掛かり?）にあたる、そこが奇妙に破り取られた形跡で綴られ続くさま。まずその異な様に頭をひねる。

これ〔若光の死〕によってつき従ってきた貴賤相集り、屍体を城外にうめ、また神国の例によって、御殿の後山に霊廟をたて、コマ明神とあがめ、郡中に凶事があるとこれに祈った。

そのように始まる部分の写しがあるきり。あとはなんと「虫が食った」ためだとか。まるで判読不能の代物だとか。おかしい? 安吾は、推測する。

虫が食ったと云われているが、実際はそうではない。中世に焼けた〔正元一年／一二五九、罹災〕後に、一族参集して一度は再び完成した系図があったのである。ところが、それを更に後世の誰かが「これによって」の前の方を引き裂いて捨てたのである。

〔略〕

後世の子孫が引き裂かねばならぬ理由があったのだろう。たぶん国撰の史書と異る記載があるために、後世の子孫にとって当時の事情として都合がわるい記事があった為だろうと察せられる。

というそこらの「当時の事情」それこそが大事なのであろう、だがいかんせん当方の無学なること仔細にするべくもない。しかしなんともいかにも安吾らしい裏読みぶりではないだろうか。

さらに恒例の高麗神社の例大祭十月十九日の前日のこと。安吾は、神社を訪ね、社殿の前で祭りの稽古をする子供らに目を奪われる。そしてその笛の音に引き込まれるのだ。

実に民族のハラワタをしぼって草の露にしたような切なさをたたえている。悲痛な父親母親たちが、いつからか、このような呼び声を子供たちに教え、呼び交させたのではなかろうか。

あまり感傷的で恐縮だが、今日の日本が統一されてみんなが日本人になるまでには、一部にこのように悲痛な運命を負うた人々の群れが確かに在ったのは事実ですから。

(同前)

†

「実に民族のハラワタをしぼって……」、ここらはさすがに安吾にしかよく書きえない感懐というものであろう。

「悲痛な運命を負うた人々の群れが確かに在ったのは事実ですから」。ということでいま一度、詩「家系図」、読解にもどることにする。
「青年」は、呟く。いやほんとじつに重々しくないか。「ただひとすぢの名もない碧い川だけは／天日に希望のやうに光つてゐたのでありませう」、「あの高麗川のかがやきのやうなものが、わたくしには……」。とはまたなんとも悲痛きわまりない。野田は、またべつの短い詩にこのように「碧い川」をめぐって書き残している。

岩を抉つて流れては／左に折れまた右に折れて／この郷を去りやらぬ碧いせせらぎ。／山のはざまに道のほとりに／根づいてはまた朽ちてゆく／草木のやうな疎らな人家。（「高麗」／『夜の蜩』）

高麗川。埼玉県南西部から中部にかけて流れる荒川水系の一級河川、越辺川の支流。現在の日高市の西部から北東にかけて貫流する。ここに高麗川の蛇行により長年月のうちに造られた、形がきんちゃくに似ていることから、巾着田と呼ばれる曼殊沙華の群生地が横たわる。
曼殊沙華（サンスクリット語で「天上に咲く花」の謂。花言葉、悲しき想い出。異名、死人花《しびとばな》、幽霊花、捨子花、三昧花《さんまいばな》）、なんとなしこの深紅の華が高麗を偲ばせるふうでは。

曼殊沙華あれば必ず鞭うたれ　　虚子

いやなぜそんな「必ず鞭うたれ」というのだろう。高句麗人を受け入れ、「天日に希望のやうに光つてゐた」、高麗川。「千二百余年も前」、祖先が辿り来たった高麗川。「山上には累々とした祖先の墓が眠つてゐる」

ところでどうしてなのか。こちらにはこの川を目にするたび、おそらくおなじ半島由来の裏日本人であろうからか、おぼえなく蘇る詩があるのである。ほんとうおかしなぐあい。

そのさきに編集の仕事の関わりで初めて出会った、現代韓国の女性詩人は文貞姫《ムンジョンヒ》（一九四七〜、全羅南道宝城郡出身）の、なんとなし忘れ難い簡潔な作品なのである。そうっと静かなところで息をひそめて読まれたい。

私たちが愛し合わなければならない理由は／世の川の水を分け合い／世の野菜を分け合い／同じ太陽とお月様の下で／同じしわを作って生きていくということ／私たちが愛し合わなければならない／もう一つの理由は／世の川辺に背をまるめ／同じく時の石ころを投げ落としながら泣くということと／風に吹かれ転がる／名も知らない落葉やコガネムシのように／同じくはかない存在だということ

（「愛し合わなければならない理由」ユン英淑／ぱくきょんみ訳／谷川俊太郎監修・正津勉編『白い乳房黒い乳房』）

それはこちらだけのことか。ここにいう「世の川」だがいうならば、高麗川、まさにその写し絵みたくないか。などとはどんなものだろう。

†

というところでいま一度、本題にもどることにして。「家系図」、題名通り、若光に率いられた高句麗の一族の歴史語りだ。爾来、後裔たちは、原野を開拓し農耕に牧畜に精出し、つましく当地に住み子孫を養ってきた。繊細な綿や絹の織物。藍や紫草や茜草の美しい染色。わけても須恵器生産については、隣接する入間郡の若葉台遺跡群や、比企郡の鳩山窯跡群などの発掘品から往時の景が浮かぼう。

このことに関わってそう。さきに前章で茨木のり子の「高麗村」を引いたが、じつは彼女にもう一篇ここで本章の関連でみたい詩「七夕」がある。ちょっと長い作品なので端折って引いてみる。

七夕の宵、茨木夫婦は、どこらあたりだろう、「武蔵野の名の残る草ぼうぼうの道」のそこを星を仰いで歩いてゆく（ひょっとすると、第七章で挙げたつげ義春の漫画「近所の景色」のある多摩川の河川敷、のようなところか）。するとびっくり、「アンタラ！　ワシノ跡　ツケテキタノ？」なんて、「赤銅いろの裸身」「焼酎の匂いをぷんぷんさせ」ているという「ステテコ氏」に凄まれてしまうことに。「今夜は七夕でしょう／だから星を眺めにきたんですよ」「……失礼シマシタ」。「彼は魔法の「キオの家」〔？　不詳〕の住人だった」。というような遣り取りとその住み家におよんで、茨木は、いいようのない物思いにとらわれる。

文字　織物　鉄　革　陶器／馬飼い　絵描き　紙　酒つくり／衣縫い　鍛冶屋　学者に奴隷／どれほど多くのものが齎されたことだろう／古い恩師の後裔たちは／あちらでもこちらでも　今はさりげなく敬遠されて／夕涼みの者をさえ　尾行かと恐れている（「七夕」／『鎮魂歌』一九六五）

なんとも胸が塞がれないか。これがずっとそのさきの朝鮮民族のきょうのありようだと。しっかり目を開いてみるべき。

高麗、それはさてこの地に住んだ彼らはどうしていよう。若光に随順した高麗の末裔たち。みながともども明るく健やかに暮らしているだろうか。これについてもまた格好の一篇を俎上にのせることができる。

†

蔵原伸二郎（明治三十二／一八九九〜昭和四十／一九六五）。熊本県阿蘇郡黒川村（現・阿蘇市）生まれ。阿蘇神社の直系で阿蘇氏の一族。慶應義塾大学在学中、萩原朔太郎の『青猫』に感銘し、詩作を始め、第一詩集『東洋の満月』（一九三九）刊行。萩原朔太郎、川端康成に激賞される。蔵原、このような詩を書いていた。どういうか、あえて始原回帰的、不可思議千万とでも、いうような。

一緒にどんどん走つて行かう。／原始の原始の、原始の奥の奥の底だよ、いんよくの着物を、猿類の智識を、遠く、白い道ばたに、ひきちぎり、すてゝ来た。／あゝ、こゝはどこだよ。／みよ、狼と、蛇と、とかげの類と、青豹と奇妙な爬虫の群集と、巨大な海洋樹のずつくり密生した、曠茫《くわうばう》たる薄暮のけしきだ。

（「満月」）

昭和二十一（一九四六）年、蔵原、埼玉県入間郡吾野村《あがのむら》（現・所沢市）に移り、のちに飯能河原町（現・飯能市）に住む。蔵原の住まいからは、高麗は遠くもない。

いつかある日のことである。蔵原が歩いて高麗に住む知友を訪ねる。つぎのような親愛感に満ちた麗しい詩「訪問」をみられたし。

†

晩春のひと日
高麗村の奥に張赫宙をたずねた
三つのこわれた橋をわたり
三つの渓川をこえた

「ここは朝鮮の故郷に
そつくりだよ」といつた
かれの言葉を思い出しながら
桜の花のちつてくる中を歩いていた
明るい太陽は寂然とひかつていた

——張大人　いますか！

返事がない
ふと垣根の間からのぞくと
えん側の日だまりに

張大人そつくりの小児が
ぽつねんとおちんこをだして
天をみていた
（『乾いた道』一九五四）

†

うららかな「晩春のひと日」の日中ののどかさ。蔵原は、「高麗村の奥」、「朝鮮の故郷に／そつくりだよ」、という集落に住む知友「張赫宙」を訪ねる。現在も当地は高麗駅から一時間弱。おそらく往時は遠足の距離だったか。蔵原は、山歩き好みの御仁だ。山の詩も書く。きっと歩いてえっちらおっちら向かった。そうして「三つのこわれた橋をわたり／三つの渓川をこえた」のである。

「――張大人　いますか！」しかし生憎、留守のよう……。

さて、「張大人」、であるが誰であろう。張赫宙《ちょうかくちゅう》（チャン・ヒョクチュ　本名・張恩重《チャンウンジュン》。明治三十八／一九〇五〜平成九／一九九七）。朝鮮（現・韓国）大邱《テグ》生まれ。おそらくこの人について知る人となると僅かもいまい。かくいう当方もその部類であった。というのでここに左記の出版刊行の惹句をもってかえたい。まあこれだけでは不案内もいいところだろうが。ほんの横顔でもと。

「〝忘れられた〟世界的作家の珠玉文学選

張赫宙は、かつては、魯迅と相並ぶ、アジアを代表する作家と称された。しかし、植民地期朝鮮の作家として日本語で活躍したため、張の文学は戦後社会に帰属先を失い、長い間、漂流してきた。現在、多文化、多言語における「近代」の急速な見直しが進められるなか、「世界文学」としてその作品は再び注目されはじめている」（『張赫宙日本語文学選集　仁王洞時代』）

張赫宙。いま一人の作家・金史良《キムサリャン》（本名・金時昌《キムシチャン》。一九一四～一九五〇）。朝鮮平壌府生まれ。朝鮮戦争で北朝鮮の朝鮮人民軍に従軍中に死亡。日本植民地期、この金史良とともに活躍した。しかしながら皇民化運動〔現地人の日本人化〕に協力、皇道朝鮮研究会の委員として親日文学に関わったとして批判されることに。くわえてまた戦後日本社会ではさまざまな事情がかさなり忘却されてしまった朝鮮人日本語作家となっている。

日本文壇デビュー作は「餓鬼道」（「改造」一九三二〔昭和七〕年四月号懸賞小説入選作）。以後、植民地統治下における朝鮮農民の貧困と惨状を告発する作品を数多く発表する。昭和二十七（一九五二）年、その事情は不明だが、日本に帰化、野口赫宙と改名。

小説「武蔵陣屋」（一九六二）で、高句麗一族の運命を描いた〔参照・『張赫宙日本語文学選集』〕。これがどんな物語であるものか。

「武蔵陣屋」の背景は南北朝時代、主人公は、初代高麗若光から下ること三十二代目高麗行高。行高は、反足利尊氏の立場をとり、南朝方に就いて、高麗の地と民を守るために戦う。

> 白髯の老爺〔初代若光は、高齢になると白い髭を蓄えていた、そのことから「白髭大明神」とも呼ばれ、その霊は「白髭神社」に祀られた〕が姿を現わす。七彩の雲のたなびく汀にきて小舟に乗る。舟は滄海に出る。波風が荒く、大海原は地獄さながらに怒り狂う。舟は一つの波を凌ぎもう一つの怒濤に堪える。漸くにして東の海に列べられた島にたどりつく。若光王はそうやって生命をこの地に植えつけた。そして六百五十年もの永い間血すじは連綿とつながった。
> 〔略〕高麗族は高麗郷でしか生きるところはない、〔略〕高麗郷の美しい土地が目をつぶるとひと

りでに浮んでくる。面白そうに曲りくねった川や緑り（ママ）の山や豊穣な平野〔この地には、日高市を中心として周辺集落に、約三十社もの白髭神社が点在する〕を思うと、ほかの土地に行って住まおうという気は少しもしなかった。三十二代の永い歳月、倦まずたゆまず働いた父祖の土地が敵の手にはいっていることを考えると気が狂いそうになる。

なんたる高麗の一族の激越さだろう。いやその誇りの高さはどうだ。おそらくはこの志こそこの地に根を生やした、高麗族末裔の、また作者「張大人」その人の血に流れやまぬ炎のごときものだ。

†

というところで話を戻すことにしよう。蔵原は、しかしなぜこの日に「張大人」を訪ねたものだろう。あるいはこの地の文学仲間の間のつきあいがてら。いやそれより深い何かがなかったか。じつはそこにひめた深い傷があった。それでゆっくりと膝を突き合わせ胸を開いて話しあいたくて。てくてくとここまで額に汗してきたのではないか。

はっきりいってしまおう。それは自身が戦時中に発表した超国粋主義的かつ植民地差別濃厚なる時局詩の存在。それがあったからである。

つまるところつぎの二集がそのまぎれないあかしだ。『戦闘機』（一九四三）、『天日の子ら』（一九四四）。こればかりはどうにも削除しようとしてもしえない。

ここでこのことの関連でくわえておく。どういうわけでそうしたのか没後に刊行されることになった、全詩集的な集成『蔵原伸二郎選集　全一巻』（一九六八）、なぜかそこにこの二集は収載されていないことをいっておく（いまここでその是非は論じないでおくが、いかんせんふつう一般には目にしえないと）。なんだかちょっと残念なことではある。だがここでは本稿の性格から仔細にはおよばない（参照・竹長吉正『蔵原伸二郎評伝　新興芸術派から詩人への道』）。

というところで詩にもどれば、そうだ、このとき杯を重ね合わせること、皇民化運動の「張大人」と、ともに誤った者どうし、超国粋主義の蔵原と、ふたりは夜を徹して話したかった。いつものように笑いころげんばかりに。

ときにどんなものだろう、たとえばこんな一幕をぶつけたりして、いたりするというのは。蔵原の歴史好きは、病膏肓で有名ときく。

入間《いるま》郡は田辺の里。／その村の丘にかや葺《ぶき》の大きな家がある。／丹治比古王《たじひこのおおきみ》の子孫の家だという。／〔略〕／「お宅の系図を拝見したいのであります」と、いうと／老人は意外にも「うん」といつて系図を出してきて縁側においた。／系図は巻物ではなく、ばらばらの紙だ。／〔略〕／「こんなもん、やくてえもねえだ」／たしかに系図は近世の写しであつた。／が、ともかく／祖先は丹治比古王の一族であろう。／「承和甲寅元年、従四位下実近（王孫）武蔵守として田辺が城に住す。」／またその十九年後には／「仁寿三年二月二十三日、在原業平《ありわらのなりひら》ここに来る。」とある。／日付があんまりはつきり書いてあるので、私の頭が少しおかしくなつた。

（「系図」／『蔵原伸二郎選集』）

丹治比古王。宣化天皇（記紀に記された六世紀前半の天皇。継体天皇の第三皇子。なお継体天皇の母振《ふる》媛《ひめ》の父・乎波智《おはち》は朝鮮半島にあった加羅王国のハチ王であり、継体天皇は渡来系の血が濃厚との説あり）の三世孫。武蔵七党（戦国時代、武蔵国を中心として下野、上野、相模など近隣諸国にまで割拠した同族的武士団）との関わりが深いとされる。

その王孫が武蔵守として「田辺が城に住す」とあり、なんと唐突にも「在原業平」とくる。いやなんたるその超現実的偏執狂的仔細記載ではなかろうか？　それにしても「系図」なんぞは意味なきものよな。とかふたりして腹を抱えたりしているぐあい……。

†

敗戦から間もない昭和二十一（一九四六）年、詩文集『暦日の鬼』刊行。蔵原は、うちにつよくひめてこの集で戦中の迷妄を深く猛省して贖罪の詩を披歴してやまないのである。なにはあれ真っ直ぐひたすら、ひたむきに呼び掛けるように。

遠き、遠き、かの過失の地平に向つて／われはわが悲しきラッパを投げて棄てたりき。
（「ラッパ吹きの歌」）

わが愛する朝鮮の人々よ、友よ、／ともに和敬と静寂をたづねて／蕭条《せうでう》たる疎林の中に消えてゆく、／あの一本の山道を歩いてゆかう。
（「朝鮮人のゐる道」）

「訪問」、それはさてどうだ。なんともうららかな訪れの詩ではないだろうか。ほんとうまったく。

良い日だ！

「明るい太陽は寂然とひかっていた」。そうしておかしいったらないのったら。「張大人そつくりの小児」の「おちんこ」。良い村だ！

付記。日和田山→物見山→北向地蔵→東吾野《あがの》駅へ向かう途に唐突に現れる小さな平坦地、標高二九〇メートル。周囲を森に囲まれた農地で野菜や花卉を栽培する、当方偏愛のまことに桃源郷よろしげな極小集落、ユガテ（おそらく高麗地名であろう。漢字表記「湯ヶ手」あるいは「湯ヶ天」。人気アニメ「ヤマノススメ」にも登場）がある。

ひょっとしたらここに白髭神社の一つが村社としてあって、あるいはそこの社の広場で「張大人そつくりの小児」が村祭り太鼓の練習をしていて、そのかたわらで「張大人」が笑い一升瓶《マッコリ》を傾けたりしたか……。などとほんとうのことが分かっていて、なぜかいつも思わされるのだが、ユガテとははっきりと違っていること。つぎのように前記文学選集の「張赫宙年譜」にあるのである。

「一九四七年　高麗神社に近い埼玉県日高町（現・日高市）に定住」

それはさてどういったらいいか。「張大人」の人物像？　というとなんでどうしてだろう。ひょんなことで説明できないのだけど……。つぎのような蔵原の詩「遠い友よ」（参考①）の「あなた」と「私」が浮かんできて。ふっとおぼえず微笑まされたりする……。

【参考】

①「遠い友よ」
　風のなか
まひるの山の峠で出あった
あなたよ

こかげの岩かげで
二人はしばらく　蟬の声に
耳をかたむけ
遠い雲をみていたっけ

あなたはのぼり道　私は下り
あのひとときの出会い
みじかい対話
あかるい　イメージ

風のなか「さようなら」
桔梗が一本ゆれていたっけ
あなたは　やがて

白い夏帽子に真昼の陽をうけ
蝶のように
すすきのかげに消えていった

（『定本岩魚』一九六五）

# 第十章　郷　金子兜太「秩父篇」、大谷藤子「山村の女達」

これから秩父への遊行とまいる。当地は武蔵野の最奥。本章では趣向をがらりと変えて、大筋の部分、山行の記録よろしく綴ろう。ほかでもない秩父は奥山が主題になるからだ。

両神山《りょうかみさん》（一七二三メートル）。埼玉県秩父郡小鹿野《おがの》町と秩父市の境目、ほぼ群馬県と接し秩父山地の北端に聳える。鋸歯状の山容が蠱惑的。いかにも登高欲をそそる大奇観をみせる。

「四角八方ニ巌々タル奇峰険岩、兀々トシテ羅立セリ、児孫ノ如ク打絡ヘリ」（『新編武蔵風土記稿』）

ここであらかじめいっておく。序章でみた独歩の詩「無題」でいう「秩父山」。これについて、「いうならば「武蔵の野辺」を広大な前庭にするように背後に稜線なす突兀《とっこつ》たる峰々の総称ととらえる」、といったが。これをここで名指せば南から、雲取山、三峰山《みつみねさん》〔最高峰妙法ヶ岳一三二九メートル〕、両神山、この三つの頂とみていいだろう。

両神山、里人らにとって格も高く仰がれてきた霊山。当方、両神山遊行の最初は二〇〇九年。二度目は最近も本年（二〇二四年）初夏。

この度も前回と同じ梅雨の週日で行程も変わらず。宿泊は清滝小屋も同様。当朝、西武秩父駅発、日向大谷《ひなたおおや》線バスに乗り、小鹿野町役場で町営バスに乗り換え、表参道登山口は日向大谷着。バス停から少し歩くと両神山荘。宿の玄関に貼る「狼の護符」（?）に驚く。

山荘脇から、歩き出すさきに石の鳥居と小さな祠があり、両神山を開いた観蔵行者の石像を安置する。近くに「矜羯羅童子《こんがらどうじ》」と刻まれた丁目石の一番が立つ。ここから清滝まで三十六童子の名が刻まれた丁目石が、一丁（約一一〇メートル）ごとに立つ。

ここにいます童子らは不動明王の眷族《けんぞく》で登拝者の守護にあたるとか。さきざきに多く石仏や石碑が立っている。丁目石に導かれて、樹林帯を行くと、薄川《すすき》と七滝沢の合流点、会所《えしょ》に着く。薄川に沿うコースを登り、沢を何度か渡り、巨大な岩の間に石像が立つ八海山。急坂を登ると、弘法の井戸。清滝小屋着。今回も無人。小屋の前庭のベンチに仰臥し一服。いやこりゃまさに一口に「山林に自由存す」の気分なるなりかである。なんて大きく伸びして、虚栄の都を捨てて、われ、山林自由の郷へ入らん、だとか声に出すこと……。

両神と縁深い、俳人金子兜太と、作家大谷藤子と。持参の両人のコピーの一束を用意。それをぼうっと繰りながら、よしなしごとを浮かべている。まず兜太から。

†

金子兜太（大正八／一九一九～平成三十／二〇一八）、埼玉県比企郡小川町生まれ。加藤楸邨に師事。「寒雷」所属を経て「海程」を創刊・主宰。戦後の社会性俳句、前衛俳句運動において理論・実作の両面で主導的な役割を果たす。秩父の風土に根付いた土着的で人間臭く野太い句作を数多く発表。句集、『金子兜太集』（全四巻）。俳書、『定住漂泊』『荒凡夫 一茶』ほか多数。兜太は、長く生きのびること、広く読まれつづけた。みなさんご存知のおかただ。紹介はこのくらいで割愛していいだろう。

さて、兜太句集『両神』（一九九五）。集中にこんな一句がみえる。

両神山は補陀落初日沈むところ

こちらをここに連れてくるキッカケになったこの句をめぐって。つぎのように兜太は所以をあかしている。

句集の題「両神《りょうがみ》」は、秩父の山・両神山からいただいた。秩父盆地の町・皆野《みなの》で育ったわたしは、西の空に、この台状の高山を毎日仰いでいた。いまでも、皆野町東側の山頂近い集落平草《ひらくさ》にゆき、この山を正面から眺めることが多い。〔略〕。あの山は補陀落《ふだらく》に違いない、秩父札所三十四ヶ寺、坂東三十三ヶ寺の観音さまのお住まいの山に違いない、といつの間にかおもい定めている。

（『両神』「あとがき」）

補陀落、観世音菩薩が住む山。なんとなしだが、この山にこもる気から、わかるようだ。だいたい山名からして由緒ありげだ。伊邪那岐《いざなぎ》、伊邪那美《いざなみ》の二神を祀ることから呼ぶという、日本武尊《やまとたけるのみこと》の東征の折にこの山を八日間見ながら通過したことから八日見山という、「龍神を祀る山」が転じて両神山となった、などなど諸説あるとか。当山は江戸期から広く知られる修験道の道場である。

翌朝、暁闇、出発。小屋の裏手からすぐ急登の連続となって、七滝沢コースと会して、ほどなく尾根に出る。切り立った断崖とコントラストをなす樹々の緑が鮮やか。ごつごつとした岩場や段差の激しい鎖場を幾つか越えることどれほど。

両神神社の本社。すぐ先に御嶽神社の奥社も建つ。両社に鎮座まします、狛犬もどき、独特の風体《ふうてい》をした、これが山犬？　ということは狼、何でそんなまた！　兜太に、このことに関わる謎めく句もおありだ。

　　語り継ぐ白狼のことわれら老いて　　　（『両神』）

「白狼」？　おそらく秩父三山の両神山、武甲山（一三〇四メートル）、三峰山ほか、広く奥秩父や奥多摩の山々に伝わる、日本武尊東征の際に、山犬が道案内したという伝説にちなむ。その流れで山犬は両神山の眷属と崇められ、その眷属札（守護札）、両神山荘の玄関に貼る「狼の護符」は、盗賊・火難除けとして広く信仰されたと。

　とはしかし待たれたし。じつはこの句はというと、それのみかまたべつの記憶にも関わってあることを、なんとなしその底に含意しているとはみられないか、いやそれは何ではあるのか。

　それはそうである。ほかでもない。「秩父事件」（参照・第二章）？　であるのでは。あやまってはいまい。

　明治十七（一八八四）年、この大規模な農民蜂起の舞台であるが、ここ秩父の里山からなんと信州は八ヶ岳山麓いったいの谷間の集落まで、それは広大な山岳地帯にわたる。いまここで詳しくしないが、このとき立ち上がった困民党を導いたのが、あえて私的に曲解すれば、ほかならぬ「白狼」と擬され語り継がれている、そのようにも解せるのではないか。山犬？　とはしかしなんとも辺境的もいいのではないか。

金子兜太「秩父篇」。さて、ではここからこの句文を引用することにしよう。秩父は、兜太の郷里だ。秩父の作に佳句が多い。兜太、御覧のようにここに掲出した句に簡にしてズバッと要を得た自解をほどこしている。なお、句集『少年』篇は章末に別掲する（参考①）。

†

山峡に沢蟹の華微かなり　　（『早春展墓』）

郷里の山国秩父に、明治十七年（一八八四）初冬、「秩父事件」と呼ばれる山村農民の蜂起があり、鎮台兵一コ中隊、憲兵三コ小隊が投入されるほどの大事件だった。その中心は西谷《にしやつ》と呼ばれる山国西側の山間部。そこの椋神社に集まった約三千の「借金農民」にはじまる。私には郷里の大事件として十分な関心があり、文章も書き、ときどき訪れることもあったのだが、その山峡はじつに静かだった。その沢で出会う紅い沢蟹も。しかしその静けさが、かえってそのときの人々の興奮と熱気を、私に伝えて止まなかったのである。

おおかみを龍神《りゅうかみ》と呼ぶ山の民　　（『東国抄』）

郷里の秩父（「産土《うぶすな》」）を代表する山として日頃敬愛している両神山《りょうがみやま》には、狼がたくさんいたと伝えられているが、土地の人たちが狼を龍神と呼ぶと聞いて、両神山の名もそこから決まってきたのではないか、と私は思ってきた。いま住んでいる熊谷からも晴れた日には台状の両神山が見える。

いまでもその台状の頂に狼がいる、と思えてならない。

（『東国抄』）

狼生く無時間を生きて咆哮

狼は、私のなかでは時間を超越して存在している。日本列島、そして「産土」秩父の土の上に生きている。「いのち」そのものとして。時に咆哮し、時に眠り、「いささかも妥協を知らず〔略〕あの尾根近く狂い走ったろう。」（秩父の詩人・金子直一の詩「狼」より）

（『日本行脚 俳句旅』〔句・自解 金子兜太 編・解説 正津勉〕）

†

両神山頂。しばらく霧が掻かれはじめ、うっすら光が洩れてくる。展望はもう文句なく素晴らしい。なんと足元がぐらつく高さ三〇〇〇㍍ともいわれる大ノゾキなる絶壁もある。やがて嘘のように晴れきり、遠く富士山も霞む。ぼうとあたり首をめぐらしている。大欠伸……。しばらくふと目にとまっているのである。

山頂に立つ石仏。みるとそれには、なんと頭がない、というのである。どうしたのだろう？ 雪の重みで破損したか、心ない者の悪戯なのか。いやそうじゃない。そのさきの廃仏毀釈の乱暴狼藉のそれだか。そういえば道中の石仏に少なくなく首欠けや補修の跡があった。

どうしてか誰ひとり登ってこない。ヤシオツツジの花にも遅くにすぎていた。きのうから誰とも話していない。などとおにぎりを口にもぐもぐしている、するとしぜんと浮かんできているのだ。いやそうここの両神の直下の村に生まれ育った女性の作家のことがぼうっと。

大谷藤子《ふじこ》（明治三十四／一九〇一～昭和五十二／一九七七）、埼玉県秩父郡両神村大平戸（現・小鹿野町）に生まれる。生家は山林持ちの大地主、一男四女の末っ子。三田高等女学校卒業、東洋大学聴講生となるも一年で中退。海軍大尉・井上良雄と結婚、五年後、離婚。以後、独身。東京下北沢に住み、文筆活動に入る。昭和八（一九三三）年、高見順、円地文子らと「日暦」を創刊。昭和九（一九三四）年「改造」の懸賞小説に「半生」が女性初の当選。この作について大谷は書いている。


私は小学校を卒業するまで、その子供時代を秩父の山奥で暮した。〔略〕／人間の成長と云ふものが、はかり知られない変化をもつものであるにしても、そこに過去をとりのぞくことは出来ない気がするのである。私は作品の人物を描く場合に、このことを考慮に入れておきたいと考へるやうになってゐる。

（「解説」／『大谷藤子作品集』）


大谷藤子。その名を知る人は少ない。いまや完全に忘却された過去の作家だそう。こちらも出版業界にかなり長くいるが事情を同様にすること。ほんとうに一度も名を聞く機会がなかった。むろんもちろん全然、存知ようもなかった。ところがひょんなきっかけで藤子の本を入手することになったのである。それがなんとこの最初の両神山行が機縁となってというのだ。山が人を呼ぶ。いやそんなこともあるのだ。

というところで一拍おくことにして。いま「藤子の本を入手する」と書いた。しかしまあ入手がひどく困難なのったら。ほとんど図書館にも古本屋にもない。ほんとなんとかして手中にできたのはこの一冊がいいところだと。

『大谷藤子作品集』（原山喜亥《きがい》・大谷健一郎編　まつやま書房　一九八五。以下『作品集』と略記）。これがいいのである、いやほんとうこの一冊きりでじゅうぶん、といいきっていい。収録は、初期から晩年まで見渡せる代表的な短篇、七篇。編集にあたった原山喜亥氏は、埼玉県羽生市生まれ書誌研究家。大谷健一郎氏は、藤子の甥。版元のまつやま書房は、東松山市の小出版社。これは藤子を愛する者らが力合わせて世に出した一冊である。

巻末、健一郎氏の回想が光る。「大谷藤子は、実の祖母の妹である。だが、長年、大谷藤子に育てられた私にとって、祖母と呼ぶしかないとして振り返っておいでだ。

「祖母は「大人になったら、両神山のように堂々として、けがれのない心でいなくてはいけないよ。」といつも言っていた」と。また「作品は書けば楽になるが、私が書けないのは才能の問題ではなく、私の心の問題なんだよ。今、天国に貯金をしているから、お金はいらないんだよ。お前も早くそうできるように、がんばるんだよ」（「祖母大谷藤子のこと」）とも。

ほんとに格別なるこの一冊。くわえてほかに挙げるとどれだろう。遺著『風の声』（一九七七）。これぐらいしか浮かびそうにない。なんとまたこの一冊の読後感も物寂しげなること。いかような内容なるか、本書には円地文子のエッセイの抄録が「帯文」として引用されている。それを章末に引いておく（参考②）。

さて、藤子の郷里は、眼下の両神村。藤子は、ずっとここ奥秩父の山村の人間模様を描写しつづけた。村の暗黙のしきたりや家の因習にしばられ、強欲かつ怠惰な男どもに手ひどく翻弄されるも忍従する非力な女たち、その現実を冷めた筆致で綴った作品の幾つか。それらがつぎからつぎへと頭をよぎりつづけてくる。くわえるにその背景の木々や風、山や谷、川や畑、杉林の精緻な姿形までくきやかに……。

なかでもここに挙げたいのがこれだ。「山村の女達」（『山村の女達』一九四一）。ほんとちょっと打つものがあるのだ。ところは女達がそろって世話する養蚕のための桑畑である。

†

日の出が迫ったらしく、そこゝの蜘蛛の巣が急に美しい線を描き、宿った露がきらめきだした。ほんの気づかないほどの間《ま》ではあるけれど、あたりがぱっと蒼白く冴え、陰影が東の山の根にたちこめて、その陰影のこもった山は、奥深い、はかり知れないような大いさを見せた〔この一節、生家の正面の一角に建つ藤子の文学碑の碑文に、刻字される〕。

〔略〕

雲を衝いて聳えたつその山の向うに重畳と、嶮岨な山脈がある。その果てしもないような彼方に何があるのか知っているものはないのであった。何日もかゝって辿り下れば、信州へ出られるなどと、昔も今も口にしたものさえないのであった。

〔略〕

浮雲が流れるともなく流れ、遠く三峯山のあたりまで冴えた秋空に、鷹が翼をひろげて翔っている。そんな日がつづいて、柿の実が艶やかに色づいてきた。

雀が、めっきりと喧ましくなって、田や畑に群れつどい、縄に下げた空罐の鳴りひゞく音に、ぱっと舞い立っては、また舞い寄る、鳥の声も、急に騒がしくなった。そして収穫は近づいてくる。

〔略〕

激しい風に倒れ伏しそうになりながらも、合間あいまの微風には樹木は歓び戦ぐのであった。そして、いつも陽射しを迎え風雪を迎え、老樹さえ若緑りをつくって生きぬいて行く。（「山村の女達」）

†

なんともこの風景のまた美しいことだろう。しかしながら哀しいかな、裏腹、それほど人はちがうのだ。いわずもがな風景ほどに美しくありえない。

昨朝、バスで秩父盆地から国道二九九号線を西へ走り小鹿野町を通った。小鹿野町から南へ、谷間の県道を四キロほど進むと両神村。荒川の支流にあたる薄川と小森川の谷に沿って集落が点在する。藤子の作品の多くは大平戸と呼ばれた生家付近の集落や両神村を舞台にする。そこで描かれるのはこの地で生まれ、育ち、老い、病み、この地で死んでいくほかない女たちだ。

たゞ噂だけが喧しく流れ、渓向うまで流れ、誰知らぬものもなくなる。三里も奥の両神山の麓で人家が杜絶えると、やっと黙ることさえあった。（同前）

「山村の女達」。ここに登場するのは姥《うば》よろしい三人。家に居付かれぬ老婆せい、噂話お広め老婆もよ、杉林を守る寡婦おたみ。ほか男はというと土地持ちで女に手が早くて、ろくでもない、その名も呼ばれぬ「村長あがりの男」一人きり。これらの人物たちは、作者の類縁や近隣、そのうちの誰彼とおぼしい。妻・母・祖母・姑……。藤子は、ひたすらに倦むことなく山村の狭い人間関係の柵《しがらみ》を負い精一杯生きる女たちを描きつづける。

しかしどんなものだろう。いったいぜんたい藤子の作品にあの兜太の句に詠むような困民党や山犬群らが登場したかどうか。そのことが気になり後日あらためて『作品集』をたどってみる。するとやっぱりというか。

困民党や、山犬群や。その一人も、その一匹も。ぜんぜんまったくいずれの作品にも登場することをみないのだ。困民党のヒロイズムや、山犬群のロマンチシズムや。そんなもんは男どもの夢ぐうたらごと。藤子の作品から、きこえてくるのは女の怨嗟の声ばかりというぐあい……。それこそ、もよ婆さん、みたくに。


「年を老ると、もう一ぺん世の中が変るからなん。若えもん繁昌で、どこへ行っても子守の出来ねえほど年を老ったもんは、居場所がなくなってなん。じゃまだの、粗末だの、ちう文句が寝た間もついてはなれねえんさあ」（同前）

†

というところにきて唐突ではあるが一拍おくことにしたい。ここまであえて筆にしなかったが、じつは藤子は「女を愛する女」の一人だった、そういうような訳ありのことである。これからこちらなりに少しおよぶとしよう。ついては以下の二人の相手にしぼる。

まずは、矢田津世子《つせこ》（明治四十／一九〇七〜昭和十九／一九四四）、である。美貌を兼ね備えた作家として人々の憧れの的となった。坂口安吾の熱烈な求愛話は有名。昭和十（一九三五）年、藤子の推薦で「日暦」同人に。藤子は、津世子に小説作法を初手から教え、日夜なく献身的に尽くす。
昭和十七（一九四二）年、藤子は、講談社の招聘で、津世子らと満洲視察旅行へ。このときの満洲開拓団について、藤子は、こう書いた。

国策により、奥満州の国境地帯に開拓団をバリケードの如く入植させ、ソ連軍が侵攻してきた時は見捨てた。私の伯父は、開拓入植を進めた甥家族の死を苦に十年後に自殺した。彼も又国策の被害者であった？

（「伯父の家」）

昭和十九（一九四四）年、津世子、早逝。藤子は、そのやり場なさから、いたたまれずいま一人の女性に激情をぶっつけるのだった。
それが、富本一枝・通称、紅吉《べによし》（明治二十六／一八九三〜昭和四十一／一九六六）、である。一枝は、陶芸家富本憲吉（当時、奈良在）の妻で、〈青鞜〉に参加した才媛。詩人・作家・画家・書家、というマルチタレントである。長身で魅力的な一枝、その祖師谷の家は、芸術的な雰囲気が漂い、彼女を慕う多くの女性が集う。サロンの華やぎぶり。妻の行状を厭う夫からの仕送りが止まる。藤子は、窮した一枝を労って、俳人の中村汀女に繋げて汀女の俳誌「風花」第一号の編集者とする。そのうち汀女が俳壇で名声を得るようになり、それにつれ一枝も経済的に自立していった。
藤子は、多くの女性と交わった。レズビアン・フェミニスト、まことにその先駆けであった。それはさて、なぜまた彼女が「女を愛する女」になったか。あるいはそう、先天的素因、があっただろう。だがそうだったとしても、それだけにとどまらない。

山村の男達。いやそこにはあったその、吝嗇、懶惰、淫乱、強欲、無力が、どうしようもないまでにも……。

†

「山村の女達」、たしかにこれは戦前に材を採った作品ではあるだろう。しかしながら戦後もしばらく、いくら山村とはいえ、いかほどか事情もちがうのでは。はたしてそのあたりの変化のほどはいかがか。というところで兜太の以下の句文をみることにする。

霧の村石を投《ほ》らば父母散らん　（『蜿蜿』）

「霧の村」は、私の育った秩父盆地（埼玉県西部）の皆野町。山国秩父は霧がふかい。高度成長期と言われている昭和三、四十年代のある日、私が訪れたときの皆野も霧のなかだった。ポーンと石を投げたら、村も老父母も飛び散ってしまうんだろうなあ、と、ふと思う。経済の高度成長によって、都市は膨らみ、地方（農山村）は崩壊していった時期だ。山村の共同体など一とたまりもない。老いた両親はそれに流されるままだ、と。　（『日本行脚　俳句旅』）

「高度成長期」の地方崩壊。それはそれこそ日本じゅうどこでも。だがたしかに秩父の村は大きく様変わりしたろう。「老いた両親はそれに流されるままだ、と」、いやこの嘆息はわかる。ついては人口も大幅に減少しつづけ。このことではこちらの裏日本のド田舎では壊滅的といっていいひどさ。なんと集団離村した集落幾多という。

秩父の村は東京に近い。だからそこらの事情はちがうだろう。しかしそれだけになお人の流失は激しかったともいえるか。このことでは今回、山行の帰路にそこいら近在の集落をのぞいて、胸塞がされたものだ。蔦を這わせ傾いた空き家、なんともその夥しくあること……。

嗚呼、故郷の廃家！　ついてはこのことの関わりで藤子のその想いにもおよんでみたい。藤子の死の直後に上梓された最後の短篇集『風の声』。なかに「郷愁」（「新潮」一九七二・十一）なる格好の佳品がある。この帰郷譚がいい、もう感涙物なのだ。

東京での独り暮らしが長く老いを自覚する「私」。彼女が、十年ぶりに生まれ故郷の村へ帰って来る一景で始まる。ひさしぶりに踏む故郷の土の感触に変わりなさそうな。だがどうかすると足元がふらつくしまつ。というので「私」は、「自分が老婆になって帰ってきたという思いに」とらえられて沈む。これが胸を打つのだ。ここに少し引きたい。

†

私は東京で独り暮しなので、死んだら生家の墓地の父母のそばへ葬ってもらう心づもりだった。そのことに些かの疑念を抱いたことがなく、それは帰るべきところへ帰るような安心感だった。

〔略〕

私が久しぶりで見たとき、村は昔と変りがないと思われたが、いまではそれが一種の幻覚だったような気がしてきた。人々は蒸発してしまったのである。しかし、父や母が坂道を歩いて行く姿や、村の人たちが畑へ出ていた姿などは私の眼の底にあって、それは消えようとはしない。

〔略〕

私は老人の後姿を見送りながら、その姿が見えなくなるまで立ちつくしていた。なんだかんだと理くつをこねながら年をとってきた自分が、空虚なものに思われた。古木が枯れるのを待っているような老人の自然な姿が、私に一種の感銘をあたえたのだった。

〔略〕

しかし日がたつにつれ、現実に見た故郷の村ではなく昔ながらに村の人たちが賑やかに暮している風景が目に浮び、それがたしかにあるのだと思うようになってきた。私はもう二度と帰らないだろう。

（「郷愁」）

†

いやこれをいかに読まれることだろう。当方、十五年前の最初の両神山行、そのときこれを読んでいるのだが、どういうかほんといって老女のこのような独白にまったく感懐をおぼえることがなかった。きっと若かった。いまよりは少しは若くて甘かったのだ。読んだかどうかも忘れているほどだった。

それがはっきりと今回はちがったのである。清滝小屋、そこの前庭のベンチに仰のけて本作のコピーをぼうっと繰っていた。ちょっとウルウルしてきて。目を瞑る。すると急に耳につく、なんだか姦《かしま》しいまで、ひびく鳥の囀りが。ほんとまったく前回と同じ合唱がはじまっている。このあたりは鳥の宝の庫といっていい。

ポポッポポッ　ポポッポポッ……、ジュウイチイ　ジュウイチイ……、ブョッキョッコー　ブョッキョッコー……。

しばしあたりは薄暗くなってきた。いってみればこれも霊験あらたかな両神のおかげであろう。それがまことに有難くきこえたのだ。

ときにこちらにはそれと感じられるものがあった。このまえの山行のあとにものした拙作があったが。とこんなふうでなかったかと思いだすようにしていた。

あとでこのような甲斐なきものとわかった。まあもののついで章末にのっけておくとしよう（参考③）。帰途、がら空きのバスに揺られ、ずっとこちらは陽が傾く車窓を遠く眺めやっていた。つぎなる兜太の句を浮かべつつ。どうしてかここでは「狼」が「狐」になりかわっている。いやなんとなし化かされたみたい……。

日の夕べ天空を去る一狐かな

（『狡童』）

【参考】

秩父事件の中心地帯である西谷《にしやつ》は、荒川の支流赤平川《あかびら》を眼下に、空に向かって開けている。谷間から山頂近くまで点在する家は天空と向きあっている。夕暮れ、陽のひかりの残るその空を一頭の狐がはるばるととび去ってゆくのが見えたのだ。いや、そう見えたのかもしれない。急な山肌に暮らす人たちに挨拶するかのように。謎めいて、妙に人懐しげに。

（『日本行脚　俳句旅』）

①「秩父篇」（句集『少年』より）

霧の夜のわが身に近く馬歩む

学校の休暇で郷里の秩父に帰ったときの句。炭馬《すみうま》という、炭を運び出す馬がたくさんいた。秩父街道を荷馬車がずいぶん動いていた。だから、働いている馬は身近なもので、街道でも山径でも、よく出会った。並ぶようにして歩いていたこともある。実際は人が口輪を取っているのだが、霧の夜などは殊に、馬体の温かみがしみじみ感じられて、そこに人を感じないくらいだった。生きものどうしの何んとも言えぬ懐しさ親しさ。

蛾のまなこ赤光なれば海を恋う

これも大学生時代の作品。夏休みに郷里に帰った際、寝起きしていた蔵座敷の窓に蛾が飛んできた。そのときのもの。大きな真っ赤な蛾の眼。それが光線の変化の加減でキラリと光る。私は山国秩父の育ちなので、あこがれは海だった。空の狭い山国を離れて、何もかも広々とした海へ。そこに青春の夢があった、と言ってよい。蛾の眼の赤光がその夢を誘っていたのだ。

曼珠沙華どれも腹出し秩父の子

これは郷里秩父の子どもたちに対する親しみから思わず、それこそ湧くように出来た句。これも休暇をとって秩父に帰ったとき、腹を丸出しにした子どもたちが曼珠沙華のいっぱいに咲く畑径を走ってゆくのに出会った、そのときのもので、小さいころの自分の姿を思い出したのか、と言ってくれる人がいるが、そこまでは言っていない。しかし子どものころの自分ととっさに重なったことは間違いなく、ああ秩父だなあ、と思ったことに間違いない。

朝日煙る手中の蚕妻に示す

トラック島から帰った翌年昭和二十二年（一九四七）の四月、塩谷みな子と結婚。新婚旅行などは夢の夢の頃で、小生の実家で初夜を過ごし、朝、二人で近所を散歩した。農家はどこも養蚕の時期で、親戚の農家に立ち寄って、その様子をみな子に見せ、蚕を手にとって、これで秩父の農家は現金収入の大半を得ているのだ、貴重な生きものなんだ、と説明した。「示す」に、「これが秩父だ」、の気持ちを込めていた。

②『風の声』帯文・円地文子（「大谷藤子さんのこと」抄録）

大谷さんの作家歴は旧い。昭和九年に『半生』で改造社の懸賞小説に入選して以来、戦前も地味ではあるが、堅実な作家として認められていた。故武田麟太郎が大谷さんの作品を高く評価して、大谷さんは私の師匠だといったという話をきいたことがある。

大谷さんの作風はリアリズムに立脚しているが、私小説ではなく、絹糸で織って、木綿に見せかけた結城紬のように、目立たない渋味のうちに何とも言えない底光りを秘めている。どの作品にも、描写の端々まで、神経が行きわたっていて、それが時によると、却って読むものを息苦しくするところもあった。

この数年そういう息詰るような筆つきが変って来て、今度の作品集『風の声』には、昔になかったゆとりが滲み出している。恐らく大谷さんの全貌が籠められていることであろう。

（『子供の領分―遊山譜』）

③正津勉「招魂　両神山」

〔前略〕

ポポッポポッ　ポポッポポッ

木魚を打つツツドリ

ブョッキョッコー　ブョッキョッコー

経典を読むコノハズク

ジュウイチイ　ジュウイチイ

慈悲を説くジュウイチ

〔後略〕

## 終章　莽　中里介山「わが立処」

武蔵野。序章の国木田独歩から、十章の金子兜太・大谷藤子へと。ここまでずっとこの地を辿ってきたが、さいごのような人を持ってくるか、そうして、しまい緞帳としたものやら。できうることならば、純粋武蔵野原人、とでもいうおかたが。するとどうしたってこの傑物にかなう御仁はないのではないか。

大菩薩峠《だいぼさつとうげ》は江戸を西に距《さ》る三十里、甲州裏街道が甲斐国《かいのくに》東山梨郡萩原《はぎわら》村に入って、その最も高く最も険《けわ》しきところ、上下八里にまたがる難所がそれです。

標高六千四百尺、昔、貴き聖《ひじり》が、この嶺《みね》の頂《いただき》に立って、東に落つる水も清かれ、西に落つる水も清かれと祈って、菩薩の像を埋《う》めて置いた、それから東に落つる水は多摩川となり、西に流るるは笛吹《ふえふき》川となり、いずれも流れの末永く人を湿《うる》おし田を実《みの》らすと申し伝えられてあります。

（『大菩薩峠』「甲源一刀流の巻」一、冒頭）

中里介山『大菩薩峠』。いまここでこの世界一長いとされている大河小説におよぼう。などというような蛮勇はもとより当方にあるべくもない。どうすべえか。というところで全集をひっくり返していて本稿に相応しそうな作にでくわしていた。
詩「わが立処」（「峠」／『「峠」より』）。

これならばひょっとして非力なこちらでも何事かいえるかもしれない。どうしてそう思いこんだのか。あらかじめいっておこう。まずもって「わが立処」というような、真っ直ぐな表題の付け方、いまかりに身上詩とでもみようか。あえていうならば詩としては凝ったつくりではない。むしろ拙くある。それだけになお深くつよく訴えかけてくるものがある。それが良かった。

介山は、とかく謎多い狷介な人物とされる。ところがこの詩篇については、直截なること郷里は武蔵野と自己におよび率直、そのものに感受されたといおう。

介山、この詩発表の昭和十（一九三五）年は五十歳。往時の人の天命の歳だ。ここらではっきりと一区切りしておくべきと。このときとばかり自由詩の形をかりて想いのかぎりを直に一筆書きしたのではないか。

それはさてこの作がかなり長尺なものであること。いたしかたなくも前後に分け中略を入れるようなぐあい。ここにちょっと読みやすく掲出させてもらうことにする。

†

天佑を保全し
万世一系の
皇統を継がせ給ふ
大八洲《おほやしま》、日《ひ》の本《もと》の

武蔵野の草莽の中に
いとも、かそけき
微中《びちゅう》の微臣
平中《へいちゅう》の平民

大君の恵の波平らかに
武蔵野に生れて
武蔵野に生ひ立ちつ
平らなる野と空とを見つ
中ごろ人生の航海に入り
身世の漂蕩に逢ひて
やゝ人情の転変を知る
〔略〕
官に就かず
禄を知らず
もとより
爵位なく
勲等なく
等級なく

名聞《みやうもん》を絶したりき
且又
富と閥とを知らざるが故に
引く人
引かるゝ人の力を知らず
只に学び
只に作りて
世に拙作を送り
世の余禄に養はる

†

中里介山（明治十八／一八八五～昭和十九／一九四四）。さきにいう「東に落つる水は多摩川」のほとりは、神奈川県（後・東京都）西多摩郡羽村（現・羽村市）に精米業者の次男として生まれる。玉川上水の取水堰に近い水車小屋で呱々の声を上げたと伝わる。本名、弥之助。

少年時、父が離農したため、もともとは「中農として押しも押されもせぬ百姓」（「哀々父母」）であった一家は故郷喪失の憂き目にあうことに。ここで特記すれば羽村はというと、自由民権運動の気風が色濃く残る、三多摩壮士を多く輩出した、すこぶる進取ゆたかな土地であった。

明治三十一（一八九八）年、西多摩尋常高等小学校卒業後に上京、電話交換手や母校の代用教員の

職に就き、一家を支える。「所謂、高等の教育の／恩恵を遂に知らざりき」（引用詩の略部分）。この時期に幸徳秋水や堺利彦や山口孤剣らの社会主義者と親交を結ぶ。明治三十六（一九〇三）年、週刊「平民新聞」の懸賞小説に応募、佳作入選作「何の罪」掲載。

明治三十七（一九〇四）年、日露戦争勃発。「平民新聞」に激越な反戦詩「乱調激韵」を発表（参照・第二章）。週刊「平民新聞」の後継紙「直言」編集同人に。トルストイの影響を強く受けて、内村鑑三の柏木教会へ通い始めることに。

明治三十九（一九〇六）年、二十一歳。都新聞社入社。同紙に明治四十二（一九〇九）年、「氷の花」、四十三（一九一〇）年、「高野の義人」を連載。同年、「大逆事件（幸徳事件）」惹起。この前後、介山は母親ハナ（猛烈なマザコンで有名）の説得で幸徳と離別しているが、自身の交友関係からも多数の逮捕者・刑死者を出し、精神に深い影を落とす。その衝迫は、前記の連載小説両作はむろん、さらに『大菩薩峠』にも濃厚な痕跡を残す。

大正二（一九一三）年、二十八歳。九月十二日に「都新聞」で『大菩薩峠』の執筆を開始。これ以降、中断、再開を繰り返し、「大阪毎日新聞」、「東京日日新聞」、「隣人之友」、「国民新聞」、「讀賣新聞」と連載紙（誌）を替えつつ昭和十六（一九四一）年まで書き継がれる（未完）。

かいつまんだこの年譜を踏まえることにして。ここから「わが立処」をみてゆく。いったいいかにその詩行を解したらいいものか。

まずは第一聯である。ここに「万世一系の／皇統」とある。介山は明治の人なれば、ごくふつうに、天皇の存在を崇めている。これをどうみよう。このことではわたしらの時代の優れた批評家・故松本健一の言葉に聴くべきものがある。この詩を引いて松本は述べる。

「〔略〕介山は、日本イデオロギーによってふかく侵されていた。にもかかわらず、日本イデオロギーはついにかれの思想ではなかった。かれはそれを、つねに草莽であり平民であり百姓である、かれの根拠地における生きかたにおいて問い直し、そのことによって時代の幻想を、その時代の内側から喰い破ってゆく可能性をみせた」（『中里介山』）

繰り返す。「つねに草莽であり平民であり百姓である」。その自覚のつよさをもって日本イデオロギーと相対する。かくしてつねに「時代の幻想を、その時代の内側から喰い破ってゆく可能性をみせた」というありよう。

なるほど。たしかに「万世一系の／皇統」ではあるが、こと万般にわたり向かうべき態度はと、ひたすらに「武蔵野の草莽」なること。なっとく。

しかしなんという。ほんとこの言い切りのつよさ。といったらどうだ。つづけて「いとも、かそけき」とおいて。

「微中の微臣／平中の平民」、それでこの言い回しである。ここにはどこかどういうか対立、ないしは、忌避のそれがみえてこないか。だってそうではないか。なんともなんと、あらたまり皇に賜らん、「官」、「禄」、「爵位」、「勲等」、「等級」、みな要らん我はとはっきり、いうわけだから。

さらに身過ぎ世過ぎにあって。まったくもって、「富」を求めなければ、「閥」に関わることも、ありようがない。であれば、いわゆる「人」との交わりの煩わしさも、なきこと。「世に拙作を送り」、「世の余禄に養はる」。いやはやさすが介山さんなるかなだ。さてそれでは後半をみてゆきたい

†

我は生れ得て野の子にして
遂に野の人に養はる
草莽はわが終《つひ》の住処《すみか》にして
平民は、その天分也

されば
この後半生をも
否　死後千万世の後までも
我は野の平民として
葉末《はずゑ》の露の
草の恵みに生きむ

〔略〕
一般の平民と共に
出入し得らるべき利便は
一般の平民と共に之《これ》を享《う》けよ
特殊の権益
特殊の待遇

は、必ず拝辞して
之を享くること勿れ
〔略〕
平民以上
平民以下
これ余が好むところにあらず
之に加うる者も
之に滅ずることも
余が仇《あだ》也

†

さて、ここからいかように読んでいったらいいものか。大正三（一九一四）年、二十九歳、介山は故郷羽村について書いている。

「故郷といふものも、その当座数年が問は、よく僕のインスピレーションではあつたけれど、今となつては、破れた太鼓のやうで、薩張離《さっぱり》きかない」（未発表草稿「故郷」）。しかしながら五十歳となった介山はどうだろう。

武蔵野、その「野の子」として生を享けること、また「野の人」として心を育んできた。よってこの野の「草莽」（在野の志士）としてこの地にとどまり「わが終の住処」とせんこと。のちのちも「平民」（公家・大名家は華族、武士は士族、以下の民草）たるべくし、それをこそ「天分也」なるとせん。

そして「死後千万世の後までも」武蔵野の「草の恵みに生きむ」なりと。「野の子」、「野の人」なるものとして我、生きることにせん。

大正八（一九一九）年、介山は執筆に集中するために都新聞社を退社。さらに大正十一（一九二二）年には、高尾山麓に草庵を結び執筆に明け暮れる。この庵が高尾山のケーブルカー架設工事により閉じる羽目に（参照・第一章）。大正十四（一九二五）年、高尾を去り妙音谷草庵を三田村沢井（現・青梅市）に移し、黒地蔵文庫と呼ぶ。大正十五（一九二六）年、隣人之友社を創設し、「隣人之友」を創刊。

高尾から奥多摩の草庵生活を繰り返すうちに、介山は農業経営への意欲を深める。羽村に残されたわずかな祖先伝来の土地を買い足し、ほぼ一町歩（三百坪）の畑を取得し、「植民地」と称する。羽村に奥多摩の道場・草庵を移築し、昭和五（一九三〇）年、直耕と塾教育を合一させ、吉田松陰の松下村塾にならった西隣村塾を開校する（参照・介山著『吉田松陰』）。前述のように満足な教育の恩恵を受けなかった介山は、受験重視・画一的な学校の全盛に疑問を持ち、私塾の長所ともいうべき自由自立・独行型を重視した。

昭和十（一九三五）年、西隣村塾内に日曜学校を開設。個人雑誌「峠」創刊。昭和十二（一九三七）年、日中戦争勃発、さらに太平洋戦争へと日本が絶滅の道にひた走る、いっぽう介山は村塾経営を試行錯誤しつつ、「植民地」に籠居し、いよいよ農本主義的傾斜を深めてゆく。

昭和十三（一九三八）年、介山は、出征兵を送る景に、野辺送りを重ねて書く。

今出征兵を送る一行を見て、弥之助は四十何年も昔の葬式の事が何となしに思い出されて来た。あれとこれとは決して性質を同じゅうするものではないが、ただ、連想だけがそこへ連なって来た、勇ましい軍歌の声が停車場に近い桑畑の中から聞えて来る。

勝たずば生きて還《かえ》らじと

誓う心の勇ましさ

或は草に伏しかくれ

或は――

それを聞くと、昔のなあーんまいだんぶつ――が流れ込んで、高く登る幾流の旗を見やると、

「生き葬い！」

斯《こ》ういう気持ちが犇々《ひしひし》として魂を吹いて来た。

（『百姓弥之助の話』第一冊「植民地の巻」）

「生き葬い！」なんと恐ろしい声なるか。そうしてこんな出来事があるのである。

昭和十七（一九四二）年、日本文学報国会結成に際し、小説部会の評議員に推されるが辞退。いやなんともその弁が振るっているのだ。

日本文学報国会といふものが出来て、小生をその評議員とかに推薦して来たが、小生は世の文士とは全く性質を異にしてゐる上に、人選の標準が判らないし、且文筆を持つて以来報国の念を離れた事がないから、今更ら報国会に入る必要を認めないによつて、直に辞任の通告をした。本来小生は、天皇の御国の「百姓弥之助」の立場の外に何等特別の地位名分を果し得ない立場にある。

（「文学報国に就いて」）

すべての文学者たちに加盟を強要する、文学報国会への加入をひとり敢然と拒否する、そうこの言こそが、「特殊の権益／特殊の待遇／は、必ず拝辞して／之を享くること勿れ」、まことの心だろう。

昭和十八（一九四三）年、十月九日の日記に書く。

「終日雨、夜に至りて、いよいよ深刻、今年の雨は「崩壊降り」とでもいふべきや」

昭和十九（一九四四）年、四月。介山、ときまさに敗戦濃厚なるなか、さながら「崩壊降り」のごとく、腸チフスで逝去。享年五十九。

†

ここまでざっと駆け足で介山の「立処」の跡を追いつづけてきた。むろんもちろん大きな抜け穴だらけでどうにも箸にも棒にも掛からぬたぐいか。さりとて『大菩薩峠』について、ふれないと冒頭明言してもきた。

いやどうしてもなにもない。こちらのそれは拾い読み、もっというたら眠り読み。とてもでないができない。ぶっちゃけたはなし、そんなこの大長篇を精読してちょっとでもその難思想を理解しえたよう、あれこれしったかぶり。

とはいえまったく素通りするのはどうか。そういうので『大菩薩峠』のうち、われらが武蔵野に因縁の深い者の印象的な場面のみを、こちらなりに摘録紹介しよう。でそれをもって御免されよとしたい。以下登場をみる三者ともに土埃のする武蔵野人である。

甲州街道。はじめにこの街道に因縁の深い二人の女人のことである。彼女らそれぞれがそう、それこそあの魔の剣に吸い寄せられるように、艶姿をみせるところから。

さきに、お若、である。お若は、浅川宿（現・八王子市浅川町）の宿屋「花屋」（当今も同地で「花屋旅館」の名前で開業中）の娘。武家に嫁ぐも姦通が発覚、路上で晒し者にされ窮地、竜之助に助けられ、伴って故郷に帰る。

「ここは甲州街道の浅川宿であろうな」
「はい、小仏へ二里、八王子へ二里半の、浅川宿の小名路《こなぢ》でございます」
「それならば、行燈に書いてあるこなやが間違いないのだろう」
「いいえ、こなやではございません、小名路の花屋でございます」

（「小名路の巻」十六）

さて、お若は、爆薬で傷ついた竜之助の目を治すために手厚く看病する。百日の間、高尾山の蛇滝の参籠堂に籠る。

小仏の背後に高いのが景信山《かげのぶやま》で、小仏と景信の間に、遠くその額を現わしているのが大菩薩峠の嶺《みね》であります。〔略〕今、月明を仰いでこの高原の薄原《すすきばら》の中に、ひとり立つ机竜之助はこの時、もう眼があいていました。いな、少なくとも月の微光をながめ得るほどには、眼が開いていなければならないはずです。

〔略〕

夜な夜な霊ある滝に打たれてみた時には、信心のなきものもまた、冷気の骨に徹《とお》るものがありましょう。心頭が冷却して、心眼が微かに開くと共に、肉眼に光を呼び起してくることはありそうなことです。

（「禹門《うもん》三級の巻」十一）

つぎに、お雪、である。お雪は、同宿屋「花屋」の養女、お若の妹。甲州上野原の「月見寺」（上野原市上野原在の曹洞宗寺院・保福寺《ほうふく》。介山筆「月見寺」石碑在り）の娘。姉お若の後を受けて、竜之助の目の看病をする。ある日、竜之助ともども駕籠を駆り、高尾山へ参る。

「ここのお月見は格別ですね、何しろ十二ヵ国が一目で見渡せるんですからね」

駕籠は、すすき尾花の大見晴らしを徐々《しずしず》と押分けて進むと、五十丁峠のやや下りになります。少しく下ってまた蜿蜒《えんえん》として、すすき尾花の中に見えつ隠れつ峰づたいに行く道が、すなわち小仏の五十丁峠。

（「無明の巻」五）

蜿蜒《えんえん》として小仏へ走る一線と、どこから来てどこへ行くともない小径《こみち》と、そこで十字形をなしている地蔵辻は、高尾と小仏との間の大平《おおだいら》です。

四方に雲があって、月はさながら、群がる雲と雲との間を避けて行くもののように、景信《かげのぶ》と陣馬《じんば》ヶ原《はら》の山々は、半ば雲霧に蔽《おお》われ、道志《どうし》、丹沢《たんざわ》の山々の峰と谷は、はっきりと見えて、洞然《どらぜん》たるパノラマ。

（同前　六）

ふしぎこのうえない。いかなる促しあってか、義姉妹ともに竜之助によく献身すること。なんとも打たれてならぬ。どんなものであろう。

はるかに大菩薩峠をへだて。妹は、東は浅川町の小名路の宿屋の娘。義姉は、西は上野原の月見寺の娘。いやこの二人の役割というか立ち回りがまあ絶妙なること、ともに高尾の山頂から月見をする設定は見事ではないか。月光に照らされて大菩薩がそれと秀嶺を浮かべてある。

†

そろそろ大菩薩峠ではある。いやそのまえにここで当方の感傷的な回想にふけらさせてもらおう。いわゆる「大菩薩峠事件」をめぐり。

一九六〇年代後半、全共闘運動敗北後、暴力革命に走る共産主義者同盟赤軍派は、六九年十一月、「前段階武装蜂起」と称し軍事訓練を大菩薩峠で敢行する。潜伏先は山小屋、福ちゃん荘。同月五日、警視庁と山梨県警は、山荘を包囲し、最高幹部ら五十三名を逮捕（当方の旧友の名前も！）。この後、追いつめられた赤軍派はより武器への固執を強めて連合赤軍を結成し、山岳アジトでの組織内部の連続リンチ殺人の果て、「あさま山荘事件」を経て、崩壊の途へ……。

一連の陰惨な事件、これがどことなし竜之助の魔剣を想起させはしないか。竜之助、赤軍派、ともにその最初の妄動の現場がどこかと、「菩薩」の名を戴く峠。どんなものやら、ここになにか仏の教えでいう「業《カルマ》」を感じさせられる、とはいえないか。いやそれこそ、介山曰く「カルマ曼荼羅」、まさにそれを……。

などというような感懐はこれだけにして。ところで介山が峠をめぐって、いかような想いを残しているか、つぎのような格好の文がみえる。題して「「峠」という字」。ここに全文を引きたいが長さの問題があれば、あえて後半のみを掲出しよう。前半は章末に（参考①）。

山があり上があり下があり、その中間に立つ地点を峠と呼ぶことに於て、さまざまの象徴が見出される、上通下達の聖賢の要路であり、上求菩提下化衆生の菩薩《ぼさつ》の地位であり、また天上と地獄との間の人間の立場でもある、人生は旅である、旅は無限である、行けども行けども涯《かぎ》りというものは無いのである、されば旅を旅するだけの人生は倦怠と疲労と困憊と結句行倒れの外何物もあるまいではないか、「峠」というものがあって、そこに回顧があり、低徊があり、希望があり、オアシスがあり、中心があり、要軸がある、人生の旅ははじめてその荒涼索莫から救われる。

「峠」は人生そのものの表徴である、従って人生そのものを通して過去世、未来世との中間の一つの道標である、上る人も、下る人もこの地点には立たなければならないのである。ここは菩薩が遊化に来る処であって、外道が迷宮を作るの処でもある。慈悲と忍辱《にんにく》の道場であって、業風と悪雨の交錯地でもある、有漏路《うろじ》より無漏路に通ずる休み場所である。

凡《およ》そ、この六道四生の旅路に於て「峠」を以て表現し摂取し得られざる現われというのは一つもあるまい。

（「「峠」という字」）

峠、おそらくこの一語に介山の創作と哲学の要諦があるといえよう。しかしながらこれが易しくありえないこと、とてもちゃんと通ずるように説けそうにもない、いったいどのように解したらいいものやら。こちらの身を越えていれば、ここで当方の偏愛なる一篇の詩作それに、およぶことで責を負うとしよう。それは真壁仁のその題もズバリ「峠」である。

峠は決定をしいるところだ。／峠には訣別のためのあかるい憂愁がながれている。／峠路をのぼりつめたものは／のしかかってくる天碧に身をさらし／やがてそれを背にする。／風景はそこで綴じあっているが／ひとつをうしなうことなしに／別個の風景にはいってゆけない。／大きな喪失にたえてのみ／あたらしい世界がひらける。

〔略〕

たとえ行手がきまっていても／ひとはそこで／ひとつの世界にわかれねばならぬ。

「峠は決定をしいるところだ」。決定とは、一を選びとることで、他を捨てさることだ。いっときに取捨を迫られる地点が峠なのである。選ぶこととは、捨てさること。前に進もうためには、なにをか大切なことを、人は背にしなければ。

というところで一拍おくことにして。このことに関連して想起させられることがある。ここでふれたい名前があるのである。

それは、幸田露伴（慶応三／一八六七～昭和二十二／一九四七）、である。じつはこの明治の文豪に峠に材を採った格好の二篇があること。これをご覧になれば、往時の峠越えはというとまさに介山の一文よろしくあってまた真壁の詩「峠」さながらなしだいだと、よくよく頷けられよう。

一つ、「知々夫《ちちぶ》紀行」である。

これは、明治三十一（一八九八）年、畏友の淡島寒月と熊谷から秩父往還し三峰山まで辿った紀行。このとき露伴らが目前にするのは雁坂《かりさか》峠（二〇八二メートル）である。埼玉県秩父市と山梨県山梨市の境、奥秩父の山域の主脈にある峠だ。針ノ木峠、三伏《さんぷく》峠と並び、日本三大峠の一つ。

「雁坂の路は後北条氏頃には往来絶えざりしところにて、秩父と甲斐の武田氏との関係浅からざりしに考ふるも、甚だ行き通ひし難からざりし路なりしこと推測《おしはか》らる。家を出づる時は甲斐に越えんと思ひしものを口惜《くちおし》とはおもひながら、尊《みこと》の雄々しくましませしには及ぶべくもあらねば、雁坂を過ぎんことは思ひ断えつ、〔略〕」（幸田露伴「知々夫紀行」、「太陽」一八九九〔明治三十二〕年二月号）

そのさき峠越えはなかなかの難事であった。ときに露伴らは、峠の向こう側、『日本書紀』に描かれる日本武尊の足跡を辿り、常陸から甲斐酒折、上野、信濃と踏まんとする。なんという思い越しの強さ凄さであるか。だがそれが秩父で躓き、峠越えは果たしえない。しかしのちにその無念の思いが創作に生かされることになる。

二つ、「雁坂越」である。

「此処《こゝ》は甲州の笛吹川の上流、東山梨の釜和原《かまわばら》といふ村で、戸数も幾千《いくら》も無い淋しいところである。〔略〕恐ろしい高い山々が、余り高くつて天に閊《つか》へさうだから態《わざ》と首を縮《すく》めて居るといふやうな恰好を仕《し》て、がん張つて居る状態《ありさま》は、彼方《あつち》の邦土《くに》は誰にも見せないと、意地悪く通せん坊をして居るやうにも見える位だ」（「新小説」一九〇三〔明治三十六〕年五月号）

主人公は少年源三。継母の理不尽な仕打ちに「朝晩雁坂の山を望んでは、そのむこうに極楽でもあるやうに」夢見た、はてはついに峠越えを決行せんとする……。

峠、繰り返す。「凡そ、この六道四生の旅路に於て「峠」を以て表現し摂取し得られざる現われというのは一つもあるまい」

人は峠を越える。飽くことなく、峠の遥か向こうのいまだ見知らぬ世界へただもう足を踏み入れたくて、越えてもまた。このことで想われるのは、そのさきの独歩の申し子たる歳経てなお牧水がさ迷い峠をまえにし、かようにも歌うしだいだ。人は峠を越える。

長かりしけふの山路／楽しかりしけふの山路／残りたる紅葉は照りて／餌に饑うる鷹もぞ啼きし／〔略〕／名も寂し暮坂峠

（「枯野の旅」『樹木とその葉』）

†

さて、いよいよしまいに、大菩薩峠、とまいるとしよう。ここから登場願うのが「少々足りない」この快人物なのである。

与八。武州は沢井の水車小屋の番人。馬鹿正直で馬鹿力。竜之助の父・弾正に拾われた棄児。竜之助の義理の弟、兄がお浜に産ませた子郁太郎を、お浜の死後、養育しながら妙好人《みょうこうにん》として生きる。与八は、大菩薩峠に地蔵菩薩を建てる。さて、いましも郁太郎を背負った与八が、雪の大菩薩峠を越えてくる。

峠を下れば、もう武蔵の国の山は見納めだ、名残は尽きせぬ。与八は、跪《ひざまず》く、深く。

「さあ、お地蔵様、お大切《だいじ》にござらっしゃれませ――いつまたわしらは帰って来られるか、来られねえか、そのことはわからねえでござんすが、それでも、諸国修行のことが無事に済みました暁は、またここの地点でお目にかかりまする。わしらの故郷といっては、どこがどうだかわからねえでございますから、無事に諸国修行が済みましたら、東西南北を合わせて、わしらはひとつこの峠に草《くさ》の庵《いおり》というようなものを建て、この世の安楽と後生の追善のために、ここでお地蔵様のお守をして一生を暮したいもんだと心がけてはおりますがねえ……」

与八は再び跪《ひざまず》いて、自分のこしらえた地蔵菩薩にお暇乞いを申し上げ、

「南無帰命《なむきみょう》　頂礼《ちょうらい》地蔵菩薩――お別れのついでにこの笠をさし上げましょう、峠の上は下界より嵐がひどいことでござりますから、たとえ一晩でもこの笠で雨露《あめつゆ》お凌《しの》ぎ下さいまし」

自分の持って来た菅笠《すげがさ》を、台座に攀《よ》じ上って地蔵菩薩の御頭《おんかしら》の上に捧げ奉る。

（第三十二巻「弁信の巻」二十三）


「菅笠を菩薩の御頭」に被せ雪を防ぐ。これは各地に残る「笠地蔵」の民話に採ろうか。与八は、それにしてもほんと好人物でまるで地蔵様そのものであるかのようだ。与八は、かくしてその生涯を懸け義兄・竜之助の罪を贖いつづける。

どんなものではあろう。介山はいわないが、ひょっとするとこの与八の姿にひそかにおのれの理想を託そうとしたのではないか、心底はわからぬも。いやそうあってほしい。

というところで終章もはやさいご。ついでにいえば「立処」にある以下の一節のこのところ。これぞまさに介山のまた与八の信条《クレド》でこそあろうこと。とまれここらで緞帳とさせていただく。

我は野の平民として
葉末の露の
草の恵みに生きむ

**【参考】**

①「「峠」という字」（前半）

「峠」という字は日本の国字である。日本にも神代から独得の日本文字があったということだが、それは史的確証が無い、人文史上日本の文字は、支那から伝えられたものであって、普通それを漢字と云っているが、日本で創製した文字もある、片仮名や平仮名はそれであって、寧ろ国字といえば、この仮名文字こそ国字であるが、普通に国字といえば、仮名を称せずして、日本製の漢字を謂《い》うのである。

この日本製の漢字が、新たに造られたというのは天武天皇の十一年に（昭和十年より千二百四十三年以前）境部《さかいべ》の連石積《むらじいわつみ》等に命じて新字一部四十四巻を造らしめられたというのが日本書紀に記されていることを典拠としなければならぬ。右の新国字の数と種とは、今正確に分類出来ないけれども、新井白石の同文通巻によれば「峠」の如きも、当《まさ》にその時代に造らしめられた国字の一つに相違ない。

本来の漢字によれば「峠」は「嶺」である、嶺の字義に関しては「和漢三才図会」に次の如く出ている。

按嶺山坂上登登下行之界也、与峯不同、峯如鋒尖処、嶺如領腹背之界也、如高山峯一、而嶺不一。

これによって見ると、嶺は峯ではない、山の最頂上では無く、領《えり》とか肩とかいう部分に当るという意味である。恐らく、これが漢字の本意であろう。して見ると、嶺字を以て「峠」に当てるのは妥当ならずということは無いが、「峠」という字には「嶺」という字にも西洋語のパスとかサミットとかいう文字にも全く見られない含蓄と情味がある。

和語の「たうげ」は「たむけ」だという説がある、人が旅して、越し方と行く末の中道に立って、そうして、越し方をなつかしみ、行く末を祈る為に、手向《たむ》けをする、祈願をする、回向《えこう》をする――といったような縹渺たる旅情である。

# 引用・参考文献


## まえがき

正津勉『武蔵野詩抄　国木田独歩から忌野清志郎まで』（アーツアンドクラフツ、二〇二三）

幸田文「木の声」（『雀の手帖』新潮文庫、一九九三）

## 扉詩

安水稔和「泥田かな」（『やってくる者』蜘蛛出版社、一九六六）

## 序章

国木田独歩「武蔵野」（『定本国木田独歩全集　増訂版　第二巻』学習研究社、一九七八）

〃「山林に自由存す」（『定本国木田独歩全集　増訂版　第一巻』学習研究社、一九七八）

〃『空知川の岸辺』（『定本国木田独歩全集　増訂版　第三巻』学習研究社、一九七八）

〃『欺かざるの記』（『定本国木田独歩全集　増訂版　第六巻』学習研究社、一九七八）

〃「無題（心、みやこをのがれ出で）」前掲『定本国木田独歩全集　増訂版　第一巻』

〃「独歩吟」同右

赤坂憲雄『武蔵野を読む』（岩波新書、二〇一八）

田山花袋『東京の三十年』（岩波文庫、一九八一）

## 第一章

正岡子規「高尾紀行」（『子規全集　第十三巻』講談社、一九七六）

〃『獺祭書屋俳句帖抄』（『子規全集　第三巻』講談社、一九七七）

〃「年譜」（『子規全集　第二十二巻』講談社、一九七七）

〃『俳諧大要』（『子規全集　第四巻』講談社、一九七五）

〃「隋問随答」（『子規全集　第五巻』講談社、一九七六）

〃『承露盤』（『子規全集　第十六巻』講談社、一九七五）

〃　「睾丸句」「遊女句」「馬糞句」（『子規全集　第一〜三巻』講談社、一九七五〜七七）
国木田独歩「武蔵野」（前掲）
中里介山『千年樫の下にて』（『中里介山全集　第十九巻』筑摩書房、一九七二）
〃　「高尾の草庵」同右
田辺茂一『わが町・新宿』（紀伊國屋書店、二〇一四）
金子光晴「東京哀傷詩篇（関東大震災に）焼跡の逍遥」（『金子光晴詩集』岩波文庫、一九九一）
正津勉『河童芋銭』（河出書房新社　二〇〇八）
〃　『脱力の人』（河出書房新社　二〇〇五）
和田久太郎『獄窓から』同右

**第二章**

北村透谷「人生に相渉るとは何の謂ぞ」（『透谷全集　第一巻』岩波書店、一九五〇）
〃　「三日幻境」同右
〃　「石坂ミナ宛書簡草稿」（『透谷全集　第三巻』岩波書店、一九五五）
〃　「富士山遊びの記憶」同右
〃　「蓬萊山頂」前掲『透谷全集　第一巻』
〃　「透谷子漫録摘集」前掲『透谷全集　第三巻』
〃　「哀詞序」（『透谷全集　第二巻』岩波書店、一九五〇）
〃　「北村ミナ宛書簡　明治二十六・八下旬　花巻より」前掲『透谷全集　第三巻』
〃　「露のいのち」前掲『透谷全集　第一巻』
〃　「我牢獄」前掲『透谷全集　第二巻』
大矢正夫『大矢正夫自徐傳』（大和書房、一九七九）
中里介山「乱調激韵」（『中里介山全集　第十三巻』筑摩書房、一九七一）
辺見じゅん『呪われたシルク・ロード』（角川文庫、一九八〇）
正津勉『乞食路通』（作品社　二〇一六）

柳田國男「峠に関する二、三の考察」（近藤信行編『山の旅　明治・大正篇』岩波文庫、二〇〇三）
高頭式『日本山嶽志』（復刻版、大修館書店、一九七五）
大町桂月「高尾の紅葉」（『桂月全集　第二巻』（興文社　一九二六）

## 第三章

若山牧水「秋乱題」（『若山牧水全集　第五巻』雄鶏社、一九五八）
〃『樹木とその葉』（「枯野の旅」「序歌」「自然の息自然の声」）（『若山牧水全集　第七巻』雄鶏社、一九五八）
〃「日記」（『若山牧水全集　第十一巻』雄鶏社、一九五九）
〃『みなかみ』（『若山牧水全集　第一巻』雄鶏社、一九五八）
〃「武蔵野」（『若山牧水全集　第一巻』増進会出版社、一九九二）
〃『海の声』前掲『若山牧水全集　第一巻』雄鶏社
〃『独り歌へる』同右
〃「石井貞子宛書簡」（『若山牧水全集　第十二巻』雄鶏社、一九五九）
〃『別離』前掲『若山牧水全集　第一巻』雄鶏社
〃『砂丘』同右
〃『路上』同右
〃『白梅集』（『若山牧水全集　第二巻』雄鶏社、一九五九）
〃『みなかみ紀行』（『若山牧水全集　第六巻』雄鶏社、一九五八）
〃『死か芸術か』前掲『若山牧水全集　第一巻』雄鶏社
〃『黒松』前掲『若山牧水全集　第二巻』
〃「沼津千本松原」（『若山牧水全集　第八巻』（雄鶏社、一九五八）
〃「流るる水（その二）」同右
〃「おもひでの記」前掲『若山牧水全集　第五巻』
〃「濡草鞋」同右
大悟法利雄『若山牧水伝』（短歌新聞社、一九七六）

北原白秋「銀座の雨」(『白水全集　第三巻』岩波書店、一九八五)
〃　「落葉松」(『白水全集　第四巻』岩波書店、一九八五)
武満徹「人間と樹」(『武満徹著作集2』新潮社、二〇〇〇)
正津勉『ザ・ワンダラー　濡草鞋者　牧水』(アーツアンドクラフツ、二〇一八)
黒田三郎「日日に伐られてゆく」(『定本　黒田三郎詩集』昭森社、一九七〇)
岡本かの子「牧水さん」(『岡本かの子全集　第十四巻』冬樹社、一九七七)

**第四章**

中西悟堂「大瑠璃の巣」(『定本・野鳥記　16　悟堂詩集』春秋社、一九八五)以下、悟堂の詩の引用はすべて同書より
〃　『愛鳥自伝』(平凡社ライブラリー　一九九三)
〃　「上長房部落」前掲『定本・野鳥記　16　悟堂詩集』
〃　『かみなりさま』(日本図書センター　一九七七)
〃　『安達太良』(『定本・野鳥記　別巻　悟堂歌集』春秋社、一九六七)
尾崎喜八「田舎の夕暮」(『空と樹木』創文社、一九五九)
〃　『音楽への感謝』(平凡社ライブラリー、二〇〇一)
石川三四郎「吾等の使命」(『石川三四郎著作集　第二巻』青土社、一九七七)
正津勉「ちおんばのおっかぶろ」(『山川草木』白山書房、二〇〇九)
河田槙「陣馬峯」(『一日二日山の旅』木耳社、一九七八)
戸川幸夫「裸の聖人」(中西悟堂追想文集刊行会編『悟堂追憶』春秋社、一九九〇)
金子光晴「旧友中西悟堂君へのメッセージ」前掲『定本・野鳥記　16　悟堂詩集』月報

**第五章**

谷川俊太郎「ONCE—IMPRESSIONS」(『ONCE—谷川俊太郎1950-1959』出帆新社、一九八二)
高群逸枝『火の国の女の日記』(『高群逸枝全集　第十巻』理論社、一九六五)
〃　『女教員解放論』(『高群逸枝全集　第七巻』理論社、一九六七)
〃　『娘巡礼記』(岩波文庫、二〇〇四)

〃　『日月の上に』（『高群逸枝全集　第八巻』理論社、一九六六）
〃　『東京は熱病にかかっている』同右
〃　「森の生活」（『高群逸枝全集　第九巻』理論社、一九六六）
〃　『招婿婚の研究』（『高群逸枝全集　第二・三巻』理論社、一九六六）
〃　『母系制の研究』（『高群逸枝全集　第一巻』理論社、一九六六）
〃　「日記」（『高群逸枝全集　第九巻』理論社、一九六六）
〃　「女性史研究の立場から」前掲『高群逸枝全集　第七巻』
井伏鱒二「へんろう宿」（『井伏鱒二全集　第九巻』筑摩書房、一九九七）
国木田独歩「武蔵野」前掲
ヘンリー・デイヴィッド・ソロー『森の生活（上）』（飯田実訳、岩波文庫、一九九五）
西川祐子『森の家の巫女――高群逸枝』（新潮社、一九八二）
山下悦子『高群逸枝論――母のアルケオロジー』（河出書房新社、一九八八）
深尾須磨子「ひとりお美しいお富士さん」（『深尾須磨子選集　第一巻』新樹社、一九七〇）
徳冨蘆花「寒樹」（『自然と人生』岩波文庫、一九三三）
石牟礼道子『最後の人　詩人　高群逸枝』（藤原書店、二〇一二）

## 第六章

田山花袋『東京の三十年』前掲
石川啄木「明治四十四年当用日記」（『啄木全集　第一巻』筑摩書房、一九六七）
〃　「飛行機」（『啄木全集　第二巻』筑摩書房、一九六七）
〃　「一握の砂以後」前掲『啄木全集　第一巻』
〃　「新しき都の基礎」同右
若山牧水『死か芸術か』前掲『若山牧水全集　第一巻』
戸塚隆子「鑑賞」（天沢退二郎編『日本名詩集成――近代詩から現代詩まで』学燈社、一九九六）
斎藤茂吉『たかはら』（『斎藤茂吉歌集』岩波文庫、一九五八）

吉増剛造「織物」（『草書で書かれた、川』思潮社、一九七七）
〃『詩とは何か』（講談社現代新書、二〇二一）
清水昶「学校」（『学校』思潮社、一九八八）
中村隆英『昭和史Ⅱ１９４５－89』（東洋経済新報、一九九三）
武蔵野女子学院同窓会くれない会『あの日をわすれないために　武蔵野女子学院生の戦争証言集』（同会発行、二〇一五）

## 第七章

国木田独歩「無題」前掲
〃「独歩吟」前掲
西脇順三郎『ambarvalia』（『定本西脇順三郎全集　第一巻』筑摩書房、一九九三）
〃『旅人かへらず』同右
〃『野原をゆく』（『定本西脇順三郎全集　第十一巻』筑摩書房、一九九三）
〃「自伝」『第三の神話』（『定本西脇順三郎全集　第三巻』筑摩書房、一九九四）
〃『旅人かへらず草稿』前掲『定本西脇順三郎全集　第一巻』
〃「われ、素朴を愛す」前掲『定本西脇順三郎全集　第十一巻』
〃「紀行」前掲『定本西脇順三郎全集　第一巻』
鍵谷幸信「西脇順三郎年譜」（『定本西脇順三郎全集　第十二巻』筑摩書房、一九九四）
柳田國男「武蔵野の昔」（『武蔵野』宝文館、一九五八）
向一陽「多摩川」（『日本川紀行――流域に生きる人と自然』（中公新書、二〇〇三）
つげ義春「鳥師」「無能の人」（『無能の人』日本文芸社、一九八八）
正津勉『つげ義春「無能の人」考』（作品社、二〇二一）
〃『嬉遊曲』（アーツアンドクラフツ、二〇〇八）
〃『山川草木』（白山書房、二〇〇九）
白洲正子「農村の生活」（『鶴川日記』ＰＨＰ文芸文庫、二〇一二）

**第八章**
茨木のり子「わたしが一番きれいだったとき」／「青梅街道」／「民衆のなかの最良の部分」／「大国屋洋服店」／「或る日の詩」／「青年」／「駅」／「高麗村」／「林檎の木」／「根府川の海」／「自分の感性くらい」／「倚りかからず」　以上すべて『茨木のり子全詩集』（花神社、二〇一〇）より
木山捷平『玉川上水』（津軽書房、一九九一）
正岡子規「高尾紀行」前掲
谷川俊太郎「いなくならない　茨木のり子さんに」（『詩の本』集英社、二〇〇九）
**第九章**
野田宇太郎「家系図」「高麗」（『定本野田宇太郎全詩集』蒼土舎、一九八二）
蔵原伸二郎「訪問」『乾いた道』（薔薇科社、一九五四）
〃「満月」（『東洋の満月』生活社、一九三九）
〃「系図」「ラッパ吹きの歌」「朝鮮人のゐる道」（『蔵原伸二郎選集　全一巻』
〃「遠い友よ」（『定本岩魚』詩誌『陽炎』発行所、一九六五）
『続日本紀　全現代語訳』（宇治谷孟訳、講談社学術文庫、一九九二）
坂口安吾「高麗神社の祭の笛――武蔵野の巻――」（『坂口安吾全集18』ちくま文庫、一九九一）
文貞姫「愛し合わなければならない理由」（ユン英淑／ぱくきょんみ訳『白い乳房　黒い乳房』ホーム社　二〇〇九）
茨木のり子「七夕」前掲『茨木のり子全詩集』
正津勉「千里馬」（『奥越奥話』アートアンドクラフ、二〇二一）
張赫宙『武蔵陣屋』（雪華社、一九六一）
〃『張赫宙日本語文学選集　仁王洞時代』（南富鎭・白川豊編、作品社、二〇二二）
竹長吉正『蔵原伸二郎評伝　新興芸術派から詩人への道』（てらいんく、二〇二一）
**第十章**
金子兜太「風土記稿」（『金子兜太集　第一巻』（筑摩書房、二〇〇二）
〃『両神』同右

金子兜太『早春展墓』同右
〃『東国抄』同右
〃『蜿蜿』同右
〃『狡童』同右
〃『少年』同右
金子兜太編・解説正津勉『日本行脚俳句旅』（アーツアンドクラフツ、二〇一四）
大谷藤子「山村の女達」（『大谷藤子作品集』原山喜亥・大谷健一郎編、まつやま書房、一九八五）
〃「伯父の家」同右
〃「郷愁」（『短篇集 風の声』新潮社、一九七七）
大谷健一郎「祖母大谷藤子のこと」前掲『大谷藤子作品集』
『新編武蔵風土記稿』（国立公文書館デジタルアーカイブ）
円地文子「大谷藤子さんのこと」（『波』一九七七年一月号）
正津勉「招魂　両神山」（『子供の領分―遊山譜』アーツアンドクラフツ、二〇一三）
終章
中里介山『大菩薩峠』「甲源一刀流の巻」（『中里介山全集　第一巻』筑摩書房、一九七〇）
〃『大菩薩峠』「小名路の巻」（『中里介山全集　第四巻』筑摩書房、一九七〇）
〃『大菩薩峠』「無明の巻」同右
〃『大菩薩峠』「弁信の巻」（『中里介山全集　第八巻』筑摩書房、一九七一）
〃「わが立処」（『中里介山全集　第二十巻』筑摩書房、一九七二）
〃「哀々父母」（『作家の自伝45　中里介山』日本図書センター、一九九七）
〃「未発表草稿「故郷」」（「中里介山の世界」羽村市公式サイト）
〃『吉田松陰』（春秋社松柏館、一九四三）
〃『百姓弥之助の話』前掲『中里介山全集　第十九巻』
〃「文学報国に就いて」前掲『中里介山全集　第二十巻』

〃　「日記」（『評伝年譜』）同右
〃　「『峠』という字」同右
松本健一『中里介山』（朝日新聞社、一九七八）
真壁仁「峠」（『日本の湿った風土について』昭森社、一九五八）
幸田露伴「知々夫紀行」（『露伴全集　第十四巻』岩波書店、一九七八）
若山牧水「枯野の旅」前掲『若山牧水全集　第七巻』

# あとがき

ようやっとこしまいまで、なんとかこぎつけられた。ここにきてふと浮かぶのはそうだ。ちょっとだけ本文でもふれた土方歳三（新選組副隊長）のつぎなる戯句であるこれが。こんなおかしく腹をかかえるよな。

武蔵野やつよふ出て来る花見酒

「武蔵野（杯）」なるは酒が五、六合入る大杯のこと。武蔵野は、果ても知れず、「野《の》、見《み》、尽《つく》せず（飲み尽せず）」、ぐでんぐでん目が回るばかりよな……。

武蔵野はというと、こんなばれぶりをみるにつけやはりどこまでも、辺境的なるあかし、そのようにとらえるしかないのではないだろうか。ごらんなればわかるが本書に並ぶ誰彼となくそうあること、みんながみんな、ものされる作品がよりもっと辺境的たらんことを目指していると、みられてならぬ……。

我等が、辺境的・武蔵野、永遠に！

謝辞。

本書の上梓にあたり、長年、協働してきた作品社・増子信一兄から篤く多大な尽力を賜った。ここに深く謝したい。

正津　勉

二〇二五年三月

正津 勉（しょうづ・べん）

1945年、福井県生まれ。同志社大学文学部卒業。詩人・文筆家。詩集：『惨事』（国文社）、『正津勉詩集』（思潮社）、『奥越奥話』（アーツアンドクラフツ）、小説：『笑いかわせみ』『河童芋銭』（河出書房新社）、評伝『忘れられた俳人　河東碧梧桐』（平凡社新書）『乞食路通』『つげ義春　ガロ時代』『つげ義春　「無能の人」考』（作品社）、評論：『裏日本的』（作品社）ほか。

装幀　小川惟久
校正　尾澤 孝

# 辺境的　武蔵野詩遊行

2025年4月25日 初版第1刷印刷
2025年4月30日 初版第1刷発行

著　者　正津 勉
発行者　青木誠也
発行所　株式会社作品社
〒102-0072 東京都千代田区飯田橋 2-7-4
TEL03-3262-9753／FAX03-3262-9757
振替口座 00160-3-27183
https://www.sakuhinsha.com

本文組版　有限会社一企画
印刷・製本　シナノ印刷（株）

ISBN978-4-86793-079-3 C0095 Printed in Japan

◆作品社の本◆

# 正津勉

## 裏日本的

くらい・つらい・おもい・みたい

豪雪と日本海の荒波に晒される人と風土。古事記・万葉から近・現代までの文学作品に描かれた「裏日本」の心！

## 乞食路通

風狂の俳諧師

乞食上がりの経歴故に同門の多くに疎まれながら、卓抜な詩境と才能で芭蕉の寵愛を格別に受けた蕉門の異端児。肌のよき石に眠らん花の山（路通句126点収録）

## つげ義春

「ガロ」時代

デスペレートでアナキスチック。夢と旅の鬼才誕生の軌跡！

## つげ義春

「無能の人」考

最底辺からの視線――。エロティックなファンタジー、赤貧と気鬱の中のユーモア！

## 鶴見俊輔、詩を語る

鶴見俊輔
谷川俊太郎・正津勉【聞き手】

「俊」の一字に結ばれた詩人と、元教え子の詩人を相手に、縦横無尽に詩を語る。鶴見俊輔生誕百年に甦る、幻の鼎談！